N&K

Lorenza Mazzetti

Der Himmel fällt

Roman

Aus dem Italienischen von
Ulrike Schimming

NAGEL UND KIMCHE

Die Originalausgabe erschien 1961 unter dem Titel
Il Cielo Cade bei Garzanti Editore, Mailand.
Der Übersetzung lag die 1993 bei Sellerio Editore, Palermo
erschienene Neuausgabe zugrunde.

Die Arbeit der Übersetzerin am vorliegenden Text wurde
vom Deutschen Übersetzerfonds gefördert.

Questo libro è stato tradotto grazie a un contributo
per la traduzione assegnato dal Ministero degli Affari Esteri
e della Cooperazione Internazionale italiano.

Die Übersetzung dieses Buches erfolgte mit finanzieller
Unterstützung des italienischen Ministeriums für Auswärtige
Angelegenheiten und Internationale Zusammenarbeit.

1. Auflage 2025

Valentinskamp 24 · 20354 Hamburg
info@harpercollins.de
Gesetzt aus der Centennial
von GGP Media GmbH, Pößneck
Druck und Bindung von CPI books GmbH, Leck
Printed in Germany
ISBN 978-3-312-01429-3
www.nagel-kimche.ch

Druckprodukt mit finanziellem
Klimabeitrag
ClimatePartner.com/15109-2009-1001

MIX
Papier
FSC FSC® C083411

Inhalt

I

Aufgabe: »Beschreibe, was du heute gemacht hast.«

Aufsatz: »Heute hat der Duce in der Schule geredet und uns gesagt, wir sollen turnen, damit wir stark und folgsam werden und unser großes Italien verteidigen können, wenn er uns ruft, weil es ist nämlich Krieg.

Ich frage mich, ob ich meine Schwester Baby mehr lieb haben darf als den Duce. Aber ich habe Baby so lieb wie Jesus. Genau wie Jesus, und Jesus habe ich ein bisschen mehr lieb als den lieben Gott, und den lieben Gott so wie Mussolini, und Italien und das Vaterland weniger als den lieben Gott, aber mehr als meinen gelben Teddy.«

Nachdem ich das Aufsatzheft abgegeben hatte, betrachtete ich die Fotografie vom Duce auf dem Umschlag meines Rechenheftes. Hinten war die Fotografie von Seiner Majestät Vittorio Emanuele III., dem König von Italien. Ich starre den Duce an. Ich starre ihm in die Augen, weil ich herausfinden will, ob ich recht habe. Ja, der Duce ist lieb.

Er wird ganz unterschiedlich gezeigt, von vorn,

von der Seite, mit einem Helm auf dem Kopf oder mit einem Lorbeerkranz wie ein alter Römer. Auf dem Heft steht der Duce mit nacktem Oberkörper neben Bauern, die Korn mähen. Auf einem anderen Heft wird der Duce von vielen Kindern umringt, die wie die *Figli della Lupa** oder als *Piccole Italiane** wie ich angezogen sind. Sein Blick ist lieb und entschlossen wie der Blick von Jesus zwischen den Kindern vorn auf dem Religionsbuch.

Der Duce hängt auch über dem Kopf der Frau Lehrerin und darunter ist das Kruzifix. Dann gibt es noch den Duce und den Führer, beide von der Seite, die sich anlächeln. Der Führer ist das Oberhaupt von Deutschland und der Freund vom Duce. Ich möchte auch gern die Freundin vom Duce sein.

Meine Banknachbarin riecht nach Käse. Meine kleine Schwester Baby ist in einer anderen Klasse. Sie stinkt nicht nach Käse und nicht nach Schaf. Ich werde von allen Penny genannt und rieche auch nicht nach Käse, aber wenn ich mit Pasquetta, Pierino, Zeffirino und Lea spiele, stinke ich hinterher nach Stall. Pasquetta, meine Banknachbarin, riecht manchmal sogar nach Salami, wenn sie die Brote ihrer Mama isst, aber sie hat noch einen ganz natürlichen Geruch, der immer da ist. Alle Kinder riechen nach Heu und nach Schaf.

Die Frau Lehrerin hatte gesagt, dass wir zu heute einen Aufsatz darüber schreiben sollen, was wir nachts geträumt haben. »Beschreibe, was du letzte Nacht geträumt hast.«

»Und du, was hast du geträumt, Penny?«, fragte mich Lea.

»Lass mich in Ruhe, du dumme Gans.«

Lea kicherte, denn sie hatte in meinem Heft etwas gelesen, was sie lustig fand. Ich weiß aber wirklich nicht, was.

Mein fremder Name klingt unter all den Namen wie Pierino, Pierino eins, Pierino zwei seltsam. Zwischen den vielen Kindern, die nach Stall riechen, schäme ich mich für den gebügelten weißen Schulkittel, die glänzenden Schuhe, meine sauberen Beine, Ohren und Hals.

Lea stand auf.

»Frau Lehrerin! Penny hat von der kahlen Madonna geträumt!«

»Die kahle Madonna? Was redest du da! Sei still und setz dich.«

Lea hörte auf zu lachen.

»Die Madonna ist nicht kahl!«, sagte die Lehrerin. Sie ließ sich mein Heft bringen und strich alles rot an. Auch ihr Gesicht war rot.

Ich brach in Tränen aus. Die Frau Lehrerin macht mir Angst, weil sie so rot und so zornig ist und mich so streng ansieht.

»Aber ich habe es geträumt!«

»Sei still!«

»Doch! Ich hab es wirklich geträumt!«

Sie gab mir zwei klatschende Ohrfeigen und schickte mich in die Ecke mit dem Gesicht zur Wand. Dann erzählte die Frau Lehrerin später alles dem Pfarrer.

»Im Haus dieses Mädchens wohnt der Teufel«, sagte der Pfarrer. »Wir müssen ihr helfen, wir müssen uns für sie einsetzen, damit sie und ihre Familie nicht in die Hölle kommen. Penny kann sich retten, aber ihr Onkel? Er ist zu ewigem Martyrium verdammt.«

»Penny, glaubst du an Gott?«

»Ich schon.«

»Aber deine Verwandten … dein Onkel …« Er beugte sich zu mir. »Er glaubt nicht, er schickt euch nie in die Messe. Wer nicht an Gott glaubt, ist in Satans Hand.«

Wenn ich an Onkel Wilhelm denke, kommt es mir manchmal so vor, als ob der Teufel in ihm steckt, wenn er mit mir schimpft.

»Wir müssen sie retten, wir müssen diese beiden unschuldigen Kinder und ihre Verwandten retten.«

Der Pfarrer sagte, dass die Seele meines Onkels in Gefahr ist, weil er Jude ist, das heißt, dass er nicht an Jesus glaubt und dass die Juden Jesus umgebracht haben. Um seine Seele zu retten, soll man unbedingt Buße tun. Jeder Verzicht, und sei er auch noch so klein, ist wertvoll. Mit viel Verzicht und vielen Opfern könnte mein Onkel, der zum ewigen

Feuer verurteilt ist, zumindest einen Platz im Fegefeuer erlangen. Der Pfarrer redete auch noch von den unterschiedlichen Schmerzen, die die Menschen in der Hölle erdulden müssen. Aber ich wundere mich, wie die Verdammten es machen, dass sie nicht an diesen Schmerzen sterben.

»Stimmt es, dass sie mit wunden Füßen über getrocknete Bohnen laufen?«, fragte Zeffirino.

Nach der Hölle erzählte der Pfarrer von den verschiedenen Foltermethoden, die es gibt.

Die Schulglocke klingelte und wir sangen *Giovinezza**. Danach *Il Piave**. Die Lehrerin will nicht, dass gegrölt wird und die Hymnen mit »bum, bum« beendet werden. Aber wir grölten: »Der Piave murmelte: Hier kommt kein Fremder durch! Bum, bum!«

Ich wundere mich, warum der Kopf vom Duce so schön glänzt und er keine Haare mehr hat, aber ich frage die Lehrerin lieber nicht, wegen der kahlen Madonna, von der ich geträumt habe und die dem Duce eigentlich sehr ähnlich sieht. Der Duce hat sogar einen Heiligenschein um den Kopf.

Am liebsten mag ich das Lied der Piccole Italiane:

Noi siamo l'alba d'or
Vispe cresciamo all'aria e al sol
Siamo d'Italia bimbe
Desianti Italia far più grande ancor.

I nostri picciol cuor
Picciol ma ardenti d'amor
Come gli augelletti gorgheggianti
*Iddio pregan: salva il Duce ognor.**

2

Draußen vor der Schule standen Baby und ich neben dem Hausmeister und warteten auf den Wagen, der uns zur Villa bringen sollte. Weil nur noch wenige Automobile fuhren und weil wir einen Chauffeur hatten, beobachteten uns alle. Der Chauffeur ließ uns in den De Soto einsteigen, warf den Schlag zu und startete den Motor. Als der Wagen abfuhr, winkten uns alle Jungen und Mädchen nach, sie konnten gar nicht anders. Sie sahen dem Automobil hinterher, bis es auf der Landstraße verschwand, die steil zum Gipfel vom Hügel anstieg. Die Leute, an denen wir vorbeifuhren, traten zur Seite und zogen ehrerbietig die Hüte.

Baby und ich wohnen erst seit Kurzem in der Villa. Der Chauffeur des großen De Soto, das ist ein Automobil ganz aus Samt drinnen, hat uns dorthin gebracht. Der Chauffeur von Onkel Wilhelm hat Goldknöpfe, eine Mütze und Koteletten. Er heißt Cosimo und arbeitet auch als Diener in der Villa.

Mir und Baby flößt Cosimo fast so viel Respekt ein wie Onkel Wilhelm. Vorher hatten Baby und ich unseren Onkel noch nie gesehen; Papa hat uns immer nur von ihm erzählt, aber Papa ist nicht mehr da und Mama auch nicht. Sie sind im Himmel. Von oben schauen sie herunter, ob Baby und ich auch brav sind und Respekt haben, so wie sie es sich wünschen. Sie sind deswegen dort oben, weil sie von da sehen können, ob wir zwei lieb sind.

Der Chauffeur sagt, Baby und ich sind zwei arme Waisenkinder, und er bedauert uns, aber ich weiß nicht genau, warum. Ich mag es allerdings, wenn die Leute »ach, du Ärmste« zu mir sagen und mir über den Kopf streichen.

Seit Mama und Papa im Himmel sind, umarmt uns natürlich abends niemand mehr vor dem Schlafengehen und auch nicht morgens, wenn wir geweckt werden; das bleibt so, bis sie aus dem Himmel zurückkommen. Ich weiß aber nicht genau, wann das ist.

Das Landgut von Onkel Wilhelm ist sehr groß, und wenn er alles sehen will, braucht er mit dem Pferd ein Jahr dafür. Jeden Tag reitet er zu einem Bauern und fragt: »Wie geht es Ihnen? Wie steht der Futterklee?« Und die Bauern ziehen den Hut und sagen: »Habe die Ehre!«

Als Baby und ich das erste Mal hier ankamen, haben wir einen Knicks vor Tante Katchen, Papas Schwester, gemacht. Sie hat uns umarmt und Marie auch. Annie hingegen ist eifersüchtig auf uns, das sagt Elsa, die Köchin, und sie will nicht, dass Onkel

Wilhelm und Tante Katchen uns lieber haben als sie.

Als wir dann in den Garten gelaufen sind und mit dem Schaukelpferd und den anderen Sachen spielen wollten, sagte Annie Nein, weil das ihr Spielzeug ist.

Aber da haben Baby und ich sie an den Zöpfen gezogen, sie hat uns nämlich getreten und gehauen.

Annie hat so laut geschrien, dass mein Onkel kam und gesagt hat: »Böses Kind! Penny, warum ziehst du Annie an den Zöpfen?« Annie heulte weiter und Onkel Wilhelm hat uns bestraft, weil er sagt, dass es nicht in Ordnung ist, zu zweit Annie zu hauen, denn die Arme ist ja allein gegen uns beide. Und er hat uns etwas von »Gerechtigkeit« erzählt.

Ich habe viel geweint und bin auf Elsas Schoß gekrochen, damit sie mich tröstet, und Baby auch. Elsa riecht nach Zwiebeln, und ihr Kettchen mit dem Kreuz hängt zwischen ihren Brüsten, wenn sie sich zu mir herabbeugt und mich in den Arm nimmt, und mir kommt es dann so vor, als ob es einen Tunnel zwischen ihren Brüsten gibt, wo ich es warm habe, während sie »Ave Maria« singt und ihre Stimme in den Himmel steigt.

Elsa wäscht uns, kämmt uns, zieht uns die weißen Kittel an und die großen, gestärkten himmelblauen Schleifen, dann riechen wir nach frischer Wäsche. Aber Elsa ärgert mich auch, wenn sie mir um jeden Preis Hals, Nase und Ohren waschen will.

Baby schreit. Ich bin schon groß und kann mich allein waschen. Aber sie besteht darauf, dass mein Hals schmutzig ist. Also frage ich: »Wo ist er schmutzig, Elsa? Wo?«

Später steigen wir in den großen Wagen und der Chauffeur bringt uns die steile Straße hinunter in die Dorfschule, die so heißt wie die Mama vom Duce, Rosa Maltoni*.

Die Lehrerin hat uns freundlich empfangen und gesagt, dass alle Kinder uns gernhaben müssen, weil Baby und ich keine Mama und keinen Papa mehr haben.

3

Onkel Wilhelm spielte mit Tante Katchen Schach. Meine Tante ist evangelisch, und auch Marie und Annie glauben an den lieben Gott und Jesus und sind evangelisch. Aber sie gehen nicht in die Messe, weil mein Onkel das nicht will, denn er ist kein Christ, sondern Jude, das heißt, er glaubt nicht an Jesus.

Wenn sie Schach spielen, sitzen sie sich stundenlang ganz ernst gegenüber. Ich fürchte mich immer vor meinem Onkel, eben weil er so ernst ist, und oft macht er mir Angst, wenn er auf mich böse ist. Manchmal spricht er tagelang nicht mit mir. Aber ich freue mich sehr, wenn mein Onkel sich herablässt, mit mir Schach zu spielen.

Elsa wusch uns die Hände und sagte: »Was macht ihr nur immer mit der Tinte? Trinkt ihr die?«

Bei Tisch sprach mein Onkel lange über Geschäfte, glaube ich, weil die Erwachsenen alle deutsch redeten. Maya, die Cousine von meinem Onkel, und ihr Mann Pit waren zu Besuch, außerdem Edith, die Schwester von meinem Onkel, und Arthur, ihr Mann, zusammen mit ihrem Pekinesen. Tante Katchen gab uns Stunden in Englisch und Französisch und deshalb nannten wir sie einfach Aunty. Wenn sie sich an uns wandte, sprach sie Französisch oder Englisch, und das war sehr lästig, weil wir ihr in derselben Sprache antworten sollten, dabei wollte ich mich viel lieber in den Schaukelstuhl setzen. Aber Annie war immer vor mir dort. Bei Tisch zappelten wir drei immer auf unseren Stühlen herum, bis Onkel Wilhelm sagte, dass wir aufstehen durften. Dann rannten wir sofort zum Schaukelstuhl. Dabei fiel oft der eine oder andere Teller zu Boden.

Marie fragte mich, warum ich so rote Augen hatte. Ich erzählte ihr, dass ich so rote Augen habe, weil ich von der kahlen Madonna geträumt habe. Ich schämte mich, als mein Onkel und alle anderen, selbst Aunty, loslachten. Alle lachten, sahen mich an und sagten: »Die kahle Madonna!« Und lachten weiter. Aunty wiederholte den Satz auf Französisch und Deutsch, und man musste ihr auf den Rücken klopfen, denn sie konnte gar nicht mehr aufhören zu lachen und wäre beinahe erstickt.

Ich glaube immer mehr, dass in der Villa der Teufel wohnt. Man musste alle retten. Marie und Annie und die anderen.

Marie lernte Geige und Annie auch.

Ich habe Marie sehr gern, aber Annie mag ich nicht, weil sie mich und Baby immer ärgert; aber ich will trotzdem nicht, dass sie in die Hölle kommt. Je nachdem wie es ihr geht, spielt Annie mit mir und Baby oder sie zieht sich die hochhackigen Schuhe von Marie an und behauptet, dass sie schon zu den Erwachsenen gehört. Aber sie hängt immer noch an ihren Spielsachen, und wir dürfen sie nicht anfassen. Annie ist auch ziemlich stark und Baby und ich können nichts gegen sie machen, wenn sie uns die Pinienkerne wegnimmt.

Marie allerdings ist lieb. Ihre Schulkameraden kommen sie oft besuchen und spielen Tennis mit ihr. Von ihren Kameraden mag ich Leonardo am liebsten. Auch weil er manchmal mit mir Pingpong spielt. Ich pflücke oft Blumen für Marie, die sie dann im Salon und in den Gästezimmern verteilt. Marie ist wirklich lieb, und ich will nicht, dass sie in die Hölle kommt. Aber sie weiß das nicht und ist sauer auf mich, weil ich ihre Porzellanlampe kaputt gemacht habe, die auf ihrem Schreibtisch stand.

»Geh weg, du dummes Ding!«, hat sie mich angeschrien, wobei sie sich auf den Boden kniete und die Scherben aufhob.

»Das war keine Absicht.«

»Du und Baby, immer macht ihr alles kaputt!«

»Sag das nicht.« Ich sammelte die Scherben ein. Es waren kleine Damen aus dem 18. Jahrhundert, die ein Menuett um die Lampe tanzten.

»Böses Kind!«, sagte Marie.

»Alle in diesem Haus schimpfen mit mir! Niemand weiß, wie lieb ich dich habe …«, sagte ich und lief zur Tür. »Wenn ich ein Mann wäre, würde ich dich heiraten …«

Nur Jesus und die Madonna wissen, dass ich tief in mir drin nicht böse bin. Aber wenn der liebe Gott alles weiß, vielleicht weiß er auch, wer vor dem lieben Gott da war?

Und dann ist da noch Signor Pit, der Annie und Marie das Geigespielen beibringt. Marie ist besser und spielt schon Corelli, während Annie immer die falschen Töne trifft, aber schließlich hat sie es doch geschafft, bis Weihnachten *O Tannenbaum* und *Stille Nacht* zu lernen.

An diesem Abend bat Signor Pit Tante Katchen um einen Tanz.

Signor Pit hob sie hoch und tanzt mit ihr. Er drehte sie nach rechts und nach links wie eine Puppe, während Maya, seine Frau, Klavier spielte. Maya schenkt uns heimlich die Bonbons von Signor Pit und gibt uns ein Küsschen.

Signor Pit ist eigentlich reich, aber trotzdem kleidet er sich immer sehr schlecht, und statt mit einem Gürtel hält er die Hosen mit einem Bindfaden zusammen. Oft knöpft er sich die Hosen nicht mal zu. Tante Katchen sagt, er wäscht sich nie, aber mein Onkel findet, er ist ein Original, der sehr gut Klavier spielt. Signor Pit ist ganz vernarrt in unseren Angorakater Giovanni und geht lange mit ihm spazieren.

Er redet ständig mit ihm. Wir spionieren ihm nach und hören seinen Vorträgen zu. Weil er kurzsichtig ist, sieht er nicht sehr gut, und wir verstecken uns hinter den Büschen und machen: »Miau! Miau!«, als wären wir der Kater.

Signor Pit spielt aber nicht nur Klavier und pfeift dabei, als ob er eine Geige ist, er ist auch Bergsteiger. Am frühen Morgen bricht er zu langen Wanderungen auf und ist dabei immer angezogen, als würde er ins Hochgebirge gehen. In seinem Zimmer haben wir viele Bonbons gefunden! Dieser Geizhals! Nie würde er uns einen schenken! Aus Rache spiele ich ihm böse Streiche. Ich stecke mir zum Beispiel alle Bonbons einzeln in den Mund und lege sie wieder auf seine Kommode zurück. Er spielt auch Schach mit meinem Onkel, und wenn er verliert, schließt er sich in sein Zimmer ein und kommt weder zum Frühstück noch zum Abendessen herunter. Mein Onkel schickt ihm das Abendessen aufs Zimmer, aber er macht dann einfach die Tür nicht auf und isst die Bonbons.

Eines Abends, als wir alle im Salon ein Konzert anhörten, polterte Signor Pit die große Treppe herunter und stürmte mit wutrotem Gesicht und aufgerissenen Augen herein.

»*Genug! Genug!*«, rief er zur Verwunderung aller. Er rannte zum Radio, schaltete es aus und schlug mit der Faust darauf.

Aber Signor Pit!

»Das ist ekelhaft!« Er setzte sich ans Klavier und spielte das Stück, das gerade gesendet wurde. Alle schwiegen. Signor Pit ist der Freund von meinem Onkel, er kann sich alles erlauben und darf sich auch mit ungewaschenen Händen an den Tisch setzen. Ich beneide ihn.

Signor Pit spielte und spielte. Seine Hände liefen die Tastatur hinauf und hinunter. Alle lauschten.

Signor Pit hielt einen Moment inne und warf den gestärkten Kragen und die Krawatte zu Boden. Dann spielte er weiter. Das Haus war voller Töne. Signor Pit griff mit schnellen Fingern in die Tasten, als wollte er sich abreagieren. Er hielt einen Moment inne, warf die Jacke zu Boden und spielte zornig weiter, dabei biss er sich auf die Lippen und zog schreckliche Grimassen. Alle lauschten verzückt. Ich wartete nur darauf, dass er sich die Manschetten und die Weste auszog. Gleich darauf flogen die Manschetten über unsere Köpfe und trafen Signor Arthur, der sich den Kopf hielt.

Nach weiteren heftigen Griffen in die Tasten beendete Signor Pit das Konzert und erhob sich.

»*Wunderbar!*«, sagte mein Onkel. Die anderen klatschten, während Baby und ich die verstreuten Kleidungsstücke von Signor Pit aufsammelten und ihm brachten.

4

Unsere Köchin Elsa, Cosimo und Rosa, das Zimmermädchen, gehen sonntags immer in die Kirche. In der Villa gibt es eine Hauskapelle, und der Pfarrer liest dort die Messe. Alle Bauern versammeln sich, aber mein Onkel geht nicht und schickt uns auch nicht hin.

Rosa schläft mit Nello, dem Bauern, und die Mutter von Pierino sagt, dass Nello ihr durch das wilde Geküsse ein Kind gemacht hat. Sonntags duftet Rosa, an den anderen Tagen riecht sie nach Zwiebeln. Sonntags steht sie vor dem Spiegel, um sich fürs Ausgehen fein zu machen. Baby und ich beobachten sie dabei. Rosa sagt: »Jesus Maria, was bin ich dick!«

Mein Onkel will nicht, dass wir ständig mit Rosa oder mit den Bauernkindern zusammen sind, weil wir dann schlechtes Italienisch sprechen, wie er sagt. Aber ich und Baby treffen uns heimlich mit ihnen. Rosa trägt ein hellrotes Kleid, das fast platzt, und wenn sie so weiß vom Puder ist, dass man sie gar nicht mehr erkennt, geht sie los. Aber gleich darauf läuft sie wieder zum Spiegel und sieht nach, ob auch alles in Ordnung ist. Nachdem sie sich eine halbe Stunde angeschaut hat, bekommt sie einen Kuhblick.

»Rosa, warum schaust du dich an?«

Sie sagt, ich soll still sein, dabei hört sie immer auf meine Ratschläge. Also nehme ich den Kamm und kämme sie, und Baby auch. Wir machen ihr Locken, damit sie schön aussieht.

»Heilige Maria, ist dieses Kleid nicht viel zu eng?«, fragt sie mich. »Und soll ich die Rose auf die Brust machen, Penny?«

»Höher.« Rosa steckt sie sich weiter oben an.

»Tiefer.« Rosa steckt sie sich weiter unten an. Dabei schaut sie auf ihren Bauch.

»Männer sind Schweine.«

»Was?«

»Alles Schweine, auch Mussolini.« Türenknallend geht sie los.

Ich mag Rosa gern, aber ich ertrage es nicht, dass sie so vom Duce spricht. Ich weiß, dass Nello ihr diese Ideen in den Kopf setzt. Ich bringe Rosa um, wenn sie noch mal schlecht von Benito Mussolini spricht.

Baby und ich klettern immer auf die Bäume, zusammen mit den Bauernkindern: Lea, Pasquetta, Zeffirino, Pierino. Hinter der Villa gibt es einen dichten Wald aus alten Lorbeerbäumen. Die meiste Zeit sind wir dort auf den Ästen und spielen Äffchen.

Dabei hangeln wir uns von einem Ast zum nächsten, machen einen Aufschwung: Das heißt, wir schwingen uns von unten um einen Ast und bleiben kopfüber hängen, mit den Knien oder den Füßen.

Einmal fiel Baby vom Baum und tat sich am Rücken weh. Was für ein Schreck! Sie weinte.

»Hast du dir wehgetan, Baby? Ich schenke dir all meine Pinienzapfen, wenn du nicht mehr weinst.«

Pasquetta holte frisches Wasser und wir machten ihr Umschläge aus feuchtem Sand und Blättern.

Jeden Tag kommt Leonardo. Er lebt auf einem Berg in der Nähe. Er kommt jedes Mal auf einem Pferd. Ich fragte ihn, ob er auf Bäume klettern könne, aber er sagte, nein. Also führte ich ihn in den Lorbeerwald und sagte, dass ich ihm zeigen würde, wie wir Äffchen spielen. Ich kletterte los, machte einen Aufschwung und baumelte an den Füßen am Ast, mit dem Kopf nach unten. Ich führte ihm auch den »Engel« vor, indem ich die Arme ausbreitete und über Kopf hin- und herschwang. Leonardo probierte es aus.

»Was machst du da?«, fragte Marie, die ihn suchte. »Komm zum Tee.«

Leonardo ging zur Villa zurück und ich blieb auf dem Baum und überlegte, wie lieb ich ihn hatte.

Manchmal lasse ich mich nicht blicken, wenn er kommt, weil ich unartig war und zur Strafe einen Papierstreifen um den Kopf tragen muss, auf dem steht: »méchant«* oder »paresseuse«* oder »menteuse«*. Wenn ich nicht Französisch oder Englisch lerne, setzt mir Aunty »le chapeau d'âne«* auf, und ich schäme mich und bleibe im Mispelbaum.

5

Wir müssen also Onkel Wilhelm, Tante Katchen, Marie und Annie retten, die Gäste und ihren Pekinesen nicht mitgerechnet. Und Baby und ich müssen auch gerettet werden.

Baby wusste noch nicht, dass in unserem Haus der Teufel wohnte. Man sollte es ihr sagen. Und wenn der Teufel auch in Baby steckt? Ich drehte mich ganz schnell zu ihr um und mir war, als würde ich in Babys Augen den Teufel sehen. Man sollte es ihr sagen.

Baby stand gebeugt unter der großen Eiche und beobachtete eine Libelle.

»Sieh mal, Penny! Eine Libelle!«

»Das ist eine Zikade.«

Baby beobachtete die Zikade. Ich beobachtete Baby. Und wenn auch in Baby der Teufel steckt? Ich drehte mich noch mal ganz schnell zu ihr um und mir war, als würde ich in Babys Augen den Teufel sehen. Ich sagte es ihr. Dann stellten wir uns Rücken an Rücken und zählten: »Eins! Zwei! Drei!« Dann drehten wir uns schnell um und schauten uns in die Augen. Baby starrte mich mit glasigen Augen an, ohne zu blinzeln. Ich bekam Angst und schrie: »Baby! Baby! Sag doch was!«

Aber Baby starrte mich mit einem immer eisigeren Blick an.

»Baby!«, schrie ich und schüttelte sie ganz doll.

Baby bewegte sich immer noch nicht und ließ sich schütteln, den Blick ins Nirgendwo gerichtet. Ich versuchte, sie zum Lachen zu bringen, aber Baby starrte mich mit den Augen vom Teufel an. Aus Furcht fing ich an zu weinen. Baby stand vor mir, mit dem Teufel im Leib.

»Du bist der Teufel! Du bist der Teufel!«

Da sprang Baby herum und lächelte breit, um mich zu beruhigen.

»Penny, ich schwöre, ich bin nicht der Teufel!«

»Wirklich nicht?«

»Nein, Penny, ich schwöre es. Ich bin nicht der Teufel, du? Du doch auch nicht«, sagte sie und starrte mir in die Augen.

Ich erzählte Baby, dass der Pfarrer gesagt hatte, dass der Teufel von Onkel Wilhelm Besitz ergriffen hat und dass man Buße tun muss, um ihn zu retten. Der Pfarrer sagt, auch der noch so kleinste Verzicht ist wertvoll, und mit vielen Opfern schaffen wir es vielleicht, dass er nicht in die Hölle kommt. Der Pfarrer sagt, in der Hölle gibt es das ewige Feuer, das wirklich und für immer brennt.

»Es hört nicht auf?«

»Nie.«

»Was heißt nie?«

»Nie bedeutet immer. Der Pfarrer sagt, es gibt nicht nur das ewige Feuer, sondern auch noch andere Strafen. Er sagt, einige Teufel lassen die Verdammten über getrocknete Bohnen laufen und schneiden ihnen vorher die Fußsohlen auf.«

Ich erinnerte mich genau an seine Worte und alle Einzelheiten. Der Pfarrer beschrieb uns die Tropfen-Folter. Er sagt, eine andere Art, die Leute sterben zu lassen, ist, wenn man sie mit Salz einreibt und ihre Füße von Ziegen ablecken lässt, dann sterben sie wegen dem Kitzeln.

Bei Tisch fragte Baby unseren Onkel, ob man wirklich durch Kitzeln sterben kann. Er sagte, ja, und erzählte, dass ein berühmter Schriftsteller mit Namen Aretino gestorben war, weil er zu viel gelacht hatte.

Nach dem Mittagessen gingen wir in den Garten.

»Wie wird Onkel Wilhelm sterben?«

»Ich weiß nicht, er stirbt nicht.«

»Nein«, sagte Baby, »er kommt nicht in die Hölle ... ich gehe für ihn hin.«

»Das geht nicht.«

»Dann gehst du eben.«

»Das geht auch nicht, weil es das Jüngste Gericht gibt.«

Baby war enttäuscht. »Aber wenn wir Opfer

bringen und Buße tun, kommt er dann in die Hölle?«, fragte sie.

»Nein.«

»Also stirbt Onkel Wilhelm nicht im ewigen Feuer?«

»Nein, er stirbt nicht.«

6

»Was für eine Buße tun wir denn?«

»Wer am längsten auf einem Bein stehen kann.«

»Das ist keine Buße. Wir müssen leiden.«

»Und wie leidet man?«

»Wenn man es wie die kleinen Märtyrer macht.«

»Wir laufen so lange durch dieses Dornenfeld, bis wir bluten!«

Lea, Pierino und Zeffirino betrachteten das »Stachel«-Feld, so nannten sie es. Es war ein Feld mit vertrockneten gelben Blumen, die Dornen statt Blätter hatten.

Ich rannte über die Stacheln, aber in der Mitte hielt ich vor Schmerzen an. Die anderen rührten sich nicht.

»Los!«, rief ich und lief weiter, während mir die Tränen herunterliefen. Um den Schmerz weniger zu spüren, hüpfte ich. Auf der anderen Seite des Feldes blieb ich stehen und krümmte mich. Die anderen standen mitten in den Stacheln. Sie rührten sich nicht und trauten sich weder vor noch zurück. Zwischen den Stacheln wuchsen auch noch Brennnesseln. Ich betrachtete meine Beine. Sie waren rot und brannten. Hüpfend und schreiend liefen die anderen zu mir.

Einer nach dem anderen kam an. »Aua, aua«, und sie kugelten sich auf der Erde.

Als Letzte kam Baby.

Ich betrachtete ihre Beine. Sie waren ganz rot, viele kleine Dornen steckten in ihnen drin. Pasquetta hob ihr Kleid bis zu den Oberschenkeln und zeigte allen ihre Beine: »Seht mal!«

Lea krümmte sich.

»Das reicht! Das reicht!«, rief sie und legte sich feuchte Blätter auf die Waden, damit es nicht so wehtat.

»Nein, es reicht nicht. Wir haben gesagt, dass wir zehnmal durchs Feld laufen, und das war jetzt erst einmal.«

Und ich lief los, die anderen rannten mir nach.

Die Dornen stachen uns in die Haut. Bei »Los!« starteten wir gemeinsam und brüllten wie die Wilden, um uns anzustacheln. Der richtige Schmerz fing erst danach an und kam von den Brennnesseln.

Bei Sonnenuntergang tauchte unser Onkel mit den Gästen auf dem Hügel auf. Er rief: »Es ist spät! Penny, Baby, kommt ins Haus!« Er winkte. Zusammen mit den anderen ging er weiter zur Villa. Sein Kopf mit den weißen Haaren. Ich merkte, dass ich ihn lieb habe. Ich betrachtete meine Beine mit den vielen roten Punkten und trocknete Babys Beine mit noch mehr Lorbeerblättern. Baby weinte, also pflückte ich zwei oder drei Früchte vom Erdbeerbaum und gab sie ihr, damit sie aufhörte.

»Ich habe das Feld nicht überquert«, sagte Baby.

Sie war wirklich nur bis zur Mitte gekommen und dort geblieben, weil sie weder vor noch zurückkonnte.

»Du bist ja auch noch klein.«

Es wurde dunkel und Zeffirino sagte: »Ich geh nach Haus, sonst haut mein Babbo mich.«

Da hörten wir auch schon den Babbo von Zeffirino rufen: »Zeffirinooooo! Wenn du nicht sofort kommst, setzt's was! Du Nichtsnutz! Hol gefälligst Wasser!«

Der Babbo von Zeffirino zieht sich den Gürtel aus der Hose, wenn er wütend wird, und rennt brüllend hinter Zeffirino her und prügelt ihn mit dem Gürtel. Auch die Mama von Lea und Pierino ohrfeigt sie, wenn sie nicht arbeiten, und wenn sie weglaufen und nicht zu fassen sind, zieht sie die Pantinen aus und wirft damit nach ihnen.

Oh! Wenn Onkel Wilhelm mich doch auch mit dem Gürtel verdreschen und mich ohrfeigen würde, anstatt mich nur vorwurfsvoll anzusehen und mich tagelang nicht anzulächeln oder nicht mit mir zu reden!

Die Hausmädchen riefen uns, wir sollten baden und dann zu Abend essen. Nach dem Essen schickte man uns in Bett.

Annie darf zehn Minuten länger aufbleiben als wir, weil sie älter ist. Also setzt sie sich in den Schaukelstuhl wie eine Königin und sieht uns mitleidig an. Wir geben unserem Onkel, Tante Katchen und Marie einen Kuss auf die Wange. Vor den Gästen knicksen wir.

Oft, wenn ich unartig war und meinem Onkel einen Gutenachtkuss geben will, zieht er den Kopf zurück und schiebt mich vorwurfsvoll weg.

An diesem Abend saß Annie im Schaukelstuhl und stellte mir ein Bein. Ich warf mich also auf sie, ein bisschen aus Neid, ein bisschen aus Wut, und zog sie an den Zöpfen. Als mein Onkel das sah, ließ er mich am nächsten Tag in meinem Strafheft zehn Seiten mit dem Satz vollschreiben: »Man darf nicht an Zöpfen ziehen.«

Ich blätterte das Heft durch. Es war fast voll. Darin hatte ich lauter Sätze geschrieben, wie »Man darf nicht lügen«, »Ich darf anderen weder Tassen noch Gläser an den Kopf werfen«, »Ich darf Kleider, die mir nicht gefallen, nicht zerschneiden«, »Ich muss gehorchen und Respekt haben«, »Ich darf nicht widersprechen, wenn ich ausgeschimpft werde«, »Mit vollem Mund spricht man nicht«, »Man schaut nicht durchs Schlüsselloch«, »Man stellt den Dienstmädchen kein Bein«, »Man zertritt das Korn auf dem Feld nicht«, »Man beschmutzt die Wände nicht mit dreckigen Händen oder Zeichnungen«, »Man schmeißt keine Fensterscheiben mit Steinen ein«, »Man klettert nicht auf Bäume«, »Man redet nicht mit lauter Stimme«, »Man singt keine faschistischen Lieder, wenn Onkel Wilhelm schläft«, »Man spielt nicht mit den Bauernkindern«, »Man freundet sich nicht mit der Dienerschaft an«, »Man geht nicht mit Straßenkleidern ins Bett«.

7

Die Großen spielten Cricket. Ich hörte sie lachen. Aunty saß im Schatten eines Maulbeerbaums in einem Liegestuhl und las *Vol de nuit**.

Mein Onkel hatte den Spazierstock mit einem goldenen Griff bei sich. Edith malte einen Baum, ihr Ehemann Arthur saß neben ihr und rauchte Pfeife. Sie lebten in einer Villa in der Nähe und mochten uns Kinder weniger als ihren Pekinesen Cipì, den sie wie einen König behandelten und der mich immer biss, wenn ich ihm zu nahe kam.

Es waren Gäste da, ein alter Signore, groß und dick mit rotem Schnurrbart und Brille, der hieß Van Marlen und befasste sich mit Kunstgeschichte.

Er wohnte auf der anderen Seite des Berges. Er verbrachte viele Stunden mit meinem Onkel in seinem Arbeitszimmer voller Bücher.

Als er mit seinem Wagen ankam, hielt er am Fuß der Treppe und spielte einen Augenblick Himmel und Hölle mit uns. Dafür malt man mit Kreide Kästchen auf den Boden und dann hüpft man auf nur einem Bein. Signor Van Marlen versuchte es, aber er schaffte es nie. Er ist so groß und dick, dass er immer auch den anderen Fuß aufsetzt, dann lacht Baby und kreischt.

Cosimo, der Diener, kam und sagte ihm, der Tee ist fertig, und führte ihn weg, was Baby und mich wütend machte. Annie folgte Signor Marlen in den Salon, dabei drehte sie sich um und streckte uns die Zunge raus.

Edith malte einen Baum. Sie wollte nicht, dass wir ihr beim Malen zuschauten. Deshalb hockten wir uns vorher auf einen Baum in der Nähe, mucksmäuschenstill, und blieben dort, solange sie malte, in einer ganz unbequemen Position, nur um zuzusehen, wie man einen Baum macht.

Wir wussten, um wie viel Uhr sie mit ihrer Staffelei und ihrem Pekinesen kam, und warteten auf sie. Ich schaute durch die Zweige in den Himmel und hörte den verschiedenen Vögeln zu. Lea konnte sie sogar nachmachen!

»Ich muss mal«, sagte Baby mit großen Augen.

»Verkneif es dir!«

»Das dumme Ding muss mal.« Pasquetta lachte, dass der Ast knackte.

Von unserem Platz aus konnten wir Edith, das Bild und die Landschaft sehen, die sie immer wieder übermalte.

»Ich kann nicht mehr«, sagte Baby und pinkelte.

Signora Edith war zutiefst beleidigt und sprach kein Wort mehr mit uns.

»Jetzt geht's mir besser, ich bin fast geplatzt!«

»Dummkopf!«

»Selber Dummkopf!«

»Blöde Gans!«

»Selber blöde Gans«, sagte Baby und rannte heulend davon. Mir tat es leid.

»Lass sie doch!«, rief Pasquetta, während ich nach ihr rief.

»Nein, nein …« Ich lief los. Alles konnte ich ertragen, nur nicht, dass Baby mich nicht mehr anlächelte. Wenn Baby mir böse war, verdunkelte sich der Himmel und die Sonne wurde schwarz und mein Herz gefror langsam.

»Baby! Baby!«, rief ich und rannte über die Felder hinter ihr her. »Komm schon, gib mir einen Kuss! Nur einen.«

Baby rannte weiter durch das Gras.

»Nein«, sagte sie.

»Nur ein Küsschen, Baby!«

Keuchend blieb sie stehen.

»Na gut.« Sie gab mir ein feuchtes Küsschen auf die Wange. Eng umschlungen kullerten wir uns den grünen Hang hinunter. Die anderen kamen zu uns und rollten ebenfalls durch den grünen Klee. Ich hielt Baby ganz fest und dachte, dass ich Penny heiße und Baby Baby, und dass sie nicht Penny war. Warum bin ich Penny und nicht Baby? Und wie wäre ich, wenn ich Baby wäre?

»Ist es nicht seltsam, dass du nicht ich bist?«

»Wie?«

»Ich hab dich so lieb, dass es gar nicht sein kann, dass du nicht ich bist. Wer weiß, was du bist, und du weißt nicht, was ich bin.«

»Du bist Penny.«

»Ich fühle mich wie dieser Baum, und als was fühlst du dich?«

Baby sagte, sie fühle sich wie diese zirpende Grille, und ich sagte, ich fühle mich wie eine Schwalbe, und so machten wir noch eine ganze Weile weiter.

8

»Kommt, wir spielen Arzt und Kranker.«

»Wer ist der Arzt?«

»Ich«, sagte Pierino.

Lea spielte das Dienstmädchen, ich die Signora Smith, Baby Signor Smith und Zeffirino und Pasquetta waren Conte und Contessa, so wie immer. Schon läutete es an der Tür. Das Dienstmädchen öffnete.

Es war der Arzt.

»Das ist der Arzt«, sagte ich und stellte ihn dem Conte und der Contessa vor.

»Ich bin Signora Smith und das ist mein Mann«, sagte ich zum Arzt und zeigte auf Baby.

»Ein Törtchen, Dottore?«, fragte Pasquetta.

»Nein, danke, Contessa«, sagte Pierino.

»Bitte«, sagte Baby, nahm eine Tasse und drückte sie dem Arzt in die Hand.

»Ein bisschen Tee?«, fragte Lea.

»Danke, Signora Smith«, sagte Pierino, nahm ein Puddingtörtchen, das sie ihm anbot, und tat, als würde er es essen.

»Gern geschehen, Dottore.«

»Mögen Sie Puddingtörtchen?«

»Ja, Contessa, aber Krapfen mag ich noch lieber.«

»Aber Dottore, Sie wissen doch, dass es Krapfen nur am Tag vom heiligen Giuseppe gibt.«

»Noch ein Törtchen?«, fragte Lea Pierino.

»Nein, danke.«

»Noch ein Törtchen, Contessa?«

»Nein, danke«, sagte Pasquetta und tupfte sich den Mund ab wie eine echte Dame.

»Sie machen ja alle Servietten ganz rot, Contessa!«, rief Lea empört.

»Das macht nichts, ich wasche sie hinterher«, sagte die Contessa.

»Aber wenn der Fleck nicht weggeht, was wird Onkel Wilhelm dann sagen?«, fragte Baby besorgt.

»Sie haben auch einen Onkel?«, fragte ich.

»Ja«, sagte Baby und riss sich wieder zusammen. »Ich habe einen Onkel und eine Schwägerin.«

»Ich habe auch eine Schwägerin«, sagte die Contessa.

»Geht es der Cousine von Ihrer Schwägerin denn gut, Contessa?«, fragte Pierino.

»Ja, danke, Dottore, aber dem Vater von der Braut geht es schlecht.«

»Noch ein Törtchen, Dottore?«

»Danke, ich hatte schon eins.«

»Nehmen Sie doch noch eins«, sagte das Dienstmädchen.

»Nein, danke, ich esse nie nach dem Essen.«

»Aber jetzt ist Nachmittag.«

»Danke, aber es ist, als wäre es schon nach dem Abendessen, so bewölkt ist es.«

»Das Wetter ist schlecht«, sagte Baby und sah in den völlig blauen Himmel.

»Ja, das Wetter ist wirklich schlecht, Signor Smith«, sagte Pasquetta und schlug den Kragen von Tante Katchens Pelzmantel hoch und wischte sich mit der Serviette den Schweiß vom Gesicht, weil ihr zu warm war. Puder und Lippenstift verschwanden.

»Sie beschmutzen alle Servietten mit Lippenstift«, rief das Dienstmädchen.

»Sei still, du bist das Dienstmädchen.«

»Dottore, ich fühle mich unwohl, untersuchen Sie mich«, sagte ich.

»Ich fühle mich auch unwohl«, sagte das Dienstmädchen.

»Ja, meine Frau fühlt sich nicht gut«, fügte Baby hinzu.

»Machen Sie sich frei«, befahl mir der Arzt.

»Möchten Sie den Mantel ausziehen, Dottore?«

»Ja, danke.«

»Ein Törtchen, Signora Smith?«, fragte Zeffirino.

»Nein, danke, ich bin doch krank.«

Ich legte mich auf das Sofa und Pierino beugte sich über mich, weil er mich untersuchen musste.

»Öffnen Sie den Mund, Signora Smith.«

Ich öffnete den Mund, so wie Kranke es machen.

»Und jetzt sagen Sie A.« Er klopfte mir auf den Rücken.

»Wo tut es weh?«

»Überall«, jammerte ich.

»Ziehen Sie sich ganz aus.«

»Alles?«

»Natürlich alles«, sagte Pierino.

Der Arzt beugte sich über mich, danach wandte er sich an die anderen: »Ich muss operieren.«

»Was hat sie denn?«, fragte die Contessa.

»Blinddarmentzündung.«

»Blinddarmentzündung!«, rief Zeffirino. »Die arme Signora Smith!«

»Man muss ihr Äther aufs Gesicht tun«, sagte der Arzt.

»Ich kümmere mich darum, Dottore!«

»Danke, Contessa.«

»Bitte.« Pasquetta nahm eine Serviette, tränkte sie mit Wasser und hielt sie mir unter die Nase.

»Beweg dich nicht«, sagte Pierino, »sonst kann ich nicht operieren.«

»Ich halte sie fest!«, mischte sich Baby ein und band meine Füße mit einer Kordel am Sofa fest.

»Danke, Signor Smith«, sagte Pierino.

Ich wehrte mich, weil Kranke sich wehren.

Pasquetta und Zeffirino banden meine Arme mit anderen Kordeln fest, während Baby dem Arzt das Messer und die Zangen reichte.

Der Arzt beugte sich mit dem Messer über mich.

Pasquetta hatte mich geknebelt, weil sie mir Äther verpassen wollte, und die Contessa drückte mir die nasse Serviette so auf den Mund, dass ich fast erstickte. Gleichzeitig fuhren die Hände vom Arzt über meinen Körper und hielten dann an.

»Hier«, sagte der Arzt und operierte.

Ich wartete, dass Pierino die Operation beendete.

»Geht es Ihnen besser?«, fragte der Arzt, als er fertig war.

»Ja, viel besser.«

»Dann können Sie sich wieder anziehen.«

»Jetzt bin ich dran!«, rief die Contessa und zog sich aus.

»Ein Törtchen?«, fragte das Dienstmädchen.

»Nein, danke, ich bin krank.«

»Guten Tag, Signora, wie geht es Ihnen?«

»Schlecht«, sagte Pasquetta.

»Wo tut es denn weh?«

»Überall«, sagte sie.

»Also mache ich Ihnen ein Klistier«, sagte der Arzt.

»Ja, Dottore«, und die Contessa stellte sich auf.

Dann war es Zeit fürs Abendessen, Elsa rief uns zum Händewaschen und schickte uns zu Tisch.

9

»Was willst du?«, rief der Pfarrer, als Zeffirino mit der Hand in der Luft herumwedelte.

»Padre … ich muss mal …«

»Nein, nicht jetzt.«

Er fuhr fort und sagte, Pasquetta und Lea und alle anderen müssen den Katechismus für die Firmung lernen, und sie sollen ihn heimlich auch uns beibringen, anstatt zu spielen.

»Bedenkt die große Sünde, die Gott beleidigt, unseren Vater und Herren, der uns so viel Gutes getan hat, der uns so sehr liebt und der es bis in alle Ewigkeit verdient, über alles geliebt zu werden, und dem wir treu dienen müssen … Du schon wieder? Was willst du?«

»Ich muss ganz dringend.«

»Dann geh, aber komm sofort zurück.«

Zeffirino schlüpfte aus dem Klassenraum.

»Bedenkt, dass das Leiden unseres Herrn Jesus durch unsere Sünden verursacht wurde, und dass er wegen uns bis aufs Blut ausgepeitscht wurde; die Soldaten nahmen ihm die Kleider und würfelten um sein Gewand. Sie brachten ihn zu Pontius Pilatus und sagten: »Kreuzigen wir ihn oder Barabas?« Und was meint ihr, was hat Pontius Pilatus geantwortet? Barabas? Nein! Pontius Pilatus ließ sich Wasser bringen und wusch sich die Hände. Was hättet ihr an Pilatus' Stelle getan? Hättet ihr Jesus, den Sohn Gottes, gekreuzigt? Sagt!«

Er zeigte mit dem Finger auf uns und erwartete von der Klasse eine Antwort.

»Nein!«, sagte ich und stand mit roten Augen auf.

»Ach, nein?«, sagte der Pfarrer verärgert. »Auch Petrus, einer der Apostel, sagte zu Jesus: ›Nein, ich werde dich nie verraten‹, aber dann verleugnete er ihn in der Nacht vor der Kreuzigung drei Mal! Und drei Mal krähte der Hahn ... Ruhe!«, sagte er zur Klasse. »Hier wird nicht geredet, sonst bekommt ihr es mit mir zu tun!«

Er faltete die Hände und sagte, wir sollen ihm nachsprechen: »Mein barmherziger Heiland, ich habe gesündigt und mich an Euch versündigt durch meine Schuld, durch meine große Schuld ...«

Wir wiederholten es im Chor.

»... ich habe dein heiliges Gebot missachtet und statt deiner, mein Gott und himmlischer Vater, meine Marotten bevorzugt.«

Ich verstand diese Worte nicht, ich suchte vergeblich nach meiner Sünde und fand sie nicht. Also schämte ich mich. Endlich fand ich eine, nämlich die, dass ich dem Pfarrer nicht zuhörte, wenn er betete, und lieber an unsere Spiele draußen mit Baby und den anderen dachte, an die Zikaden, die sind grün, wenn sie geboren werden, und Raupen, bevor sie aus ihrer Hülle schlüpfen. Dann setzen sie sich in die Sonne und ich beobachte sie und nach einer halben Stunde wird aus ihrem Grün Schwarz und sie singen, wenn Lea sie am Bauch kitzelt. Lea weiß nicht, dass man vor Lachen sterben kann.

Wir wiederholten im Chor:

»Hier bin ich, oh mein geliebter und guter Jesus, in deiner heiligsten Gegenwart bitte ich dich innigst, mein Herz mit Glaube, Hoffnung und Liebe zu erfüllen und mit Reue über meine Sünden und mit dem Vorsatz, dich nie mehr zu verletzen, während ich mit all meiner Liebe und all meinem Mitgefühl deine fünf Wunden betrachte.«

Hier wandte sich der Pfarrer an uns, zeigte mit dem Finger auf uns und rief: »Es ist eure Schuld, dass Christus am Kreuz gestorben ist! Er ist für euch gestorben! Um eure Sünden reinzuwaschen, verstanden?«

Er erhob die Stimme: »Am Tag des Jüngsten Gerichts kommt Er zurück und dann werden wir sehen, wer ins Paradies eingeht! Denkt ihr etwa, dass es in der Hölle angenehm ist? Es gibt die Teufel und wenn ihr jetzt keine guten Taten vollbringt, ist es hinterher zu spät!«

In seinem großen Eifer sprach er im florentinischen Dialekt.

»Und selbst wenn ihr nur einen so winzigen Fleck habt …«, hier machte er eine Bewegung mit den Fingern, um ein Pünktchen anzudeuten. »… wird man es am Tag des Jüngsten Gerichts entdecken.«

10

Als ich in das Speisezimmer kam, saßen alle schon und warteten. Auf dem Tisch stand eine wunderschöne Schüssel mit Pudding-Krapfen, bei deren Anblick mir sofort das Wasser im Mund zusammenlief.

»Oh, da ist sie ja endlich!«, rief meine Tante.

»Was hast du gemacht? Warum ist dein Gesicht schwarz? Wo ist Baby?«

»Ach, drüben im Lorbeerwald«, sagte ich und setzte mich an den Tisch.

»Und was macht sie da?«

»Wir haben Krieg gespielt und sie gefesselt.«

Onkel Wilhelm und Tante Katchen sprangen auf. Es fing an zu regnen.

»Wir haben gespielt und deshalb mussten wir sie festbinden und uns die Gesichter schwarz machen, weil wir die Abessinier sind. Pierino war der Duce auf dem Pferd. Baby wollte der Held sein, verkleidet als Piccola Italiana.«

Meine Tante sagte, Baby hat Angst vor Donner und wird bestimmt krank, und übertrieb sehr, nur weil es ein bisschen regnete und ein bisschen kalt war.

Ich wurde wütend, weil so ein Durcheinander im Haus war und mein Onkel sich wegen nichts aufregte. Das Ärgerlichste war, dass ich keine Krapfen essen konnte, weil ich ihnen zeigen musste, wo Baby war, aber die war ganz fröhlich, weil sie, verkleidet als Piccola Italiana, Held spielen konnte.

Es ist schrecklich, was mein Onkel über mich sagte, und die anderen wiederholten es immer. Sie sagten, ich bin ungehorsam, frech, eine Lügnerin, ein herzloses Kind. Und obwohl ich ganz nass wurde, als wir Baby holten, bekam ich kein Verständnis und auch keinen Pudding-Krapfen so wie sie. Wie ein Hund wurde ich aufs Zimmer geschickt.

Es war eine Schande, ihnen allen zuzuhören. Sie sagten schreckliche Dinge über mich, so als ob ich sie nicht hören könnte. Immer bin ich schuld und nie Baby, weil Baby jünger ist.

Mein Onkel ist für Gerechtigkeit. Er ist die Gerechtigkeit in Person. Steckt die ganze Gerechtigkeit in meinem Onkel? Ist die Gerechtigkeit nicht eine Frau?

Aufs Zimmer wie ein Hund. Und Baby aß Krapfen.

Jetzt klopft mein Onkel an die Tür. Er will wissen, ob ich es bereue. Ich antworte nicht. Ich bereue nichts, denn ich bin nicht schuldig. Aber mein Onkel wird das nie verstehen, wegen seinem schlimmen

Laster, immer die Wahrheit zu sagen, und weil er die Frau Gerechtigkeit verschlungen hat.

Also, mein Onkel klopft, aber ich antworte nicht. Ich verstecke mich unter der Bettdecke. Nein, ich bin nicht böse, nein, ich bin kein Bösewicht, nein, ich bin nicht undankbar, ich schweige. Und wenn Onkel Wilhelm die Tür aufbricht?

»Penny, antworte.«

Ich wühle mich unter der Decke hervor und schreie: »Nein, ich entschuldige mich nicht, ich bin nicht böse, ich bin nicht böse, ich bin nicht böse!«

Mein Onkel geht weg und trägt Marie auf, dass sie mich erst rauslassen soll, wenn ich hundert Mal geschrieben habe: »Man darf den Großen nicht widersprechen, wenn sie einen ermahnen.«

Die Großen, die Großen. Die Großen haben immer recht und wir Kleinen sind immer machtlos: Meine Wahrheit und meine Lügen sind nicht wahr.

Ich glaube aber an meine Lügen und ich glaube ganz fest, dass ich gut bin und niemals etwas Böses getan habe, und ich will meinem Onkel zeigen, dass ich ihn lieb habe.

Aber wie soll ich ihm das zeigen? Wenn man bedenkt, dass ich mein Leben für ihn geben würde, und er weiß das nicht.

Baby hat auch gesagt, sie würde ihr Leben für ihn geben und sogar ihre Seele.

Aber mein Onkel hat gesagt, er hätte es lieber, wenn wir brav gehorchen und Respekt haben. Oh, wie sehr wünsche ich mir, dass mein Onkel mich schlägt, anstatt die ganze Zeit zu schmollen!

Onkel Wilhelm ist ein paarmal wiedergekommen, aber ich bleibe in meinem Zimmer und will mich nicht entschuldigen.

Am Nachmittag sehe ich Baby im Garten spielen, und weil ich Hunger habe, renne ich die Treppe hinunter und rufe: »Ich bereue es! Ich bereue es! Ich bin böse!«

Elsa macht mir ein Brötchen mit Schinken und Käse, dann laufe ich nach draußen und suche Baby. Als Baby mich entdeckt, lächelt sie und schenkt mir Pinienkerne, die sie gerade herauspult. Es regnet nicht mehr und die Schnecken kommen hervor. Wir beobachten sie und Pierino sammelt sie ein, um sie auszuspülen und zu essen.

Um meinen Onkel glücklich zu machen, setze ich das Gesicht eines reuigen Bösewichts auf. Er sagt, man muss einfach anfangen und es ist gar nicht so schwer, gut zu sein, jedenfalls für ein paar Tage.

11

Jeden Tag trafen wir uns unter der großen Eiche und wiederholten den Katechismus.

»Wozu hat Gott uns geschaffen?«

»Gott hat uns geschaffen, damit wir ihn erkennen, lieben und ihm in diesem Leben dienen und uns im anderen, im Paradies, an ihm erfreuen.«

»Was ist das Paradies?«

»Das Paradies ist die ewige Freude an Gott, unsere Glückseligkeit, und in ihm, in jedem anderen Gut, ohne jegliches Übel.«

»Das verstehe ich nicht«, quengelte Baby.

»Baby versteht nie was, die vergeudet nur unsere Zeit, mehr nicht. Herrgott, sie bleibt nicht eine Sekunde ruhig und beobachtet immer nur die Ameisen. Wenn du nicht zuhörst, kapierst du nie was, ist ja klar«, sagte Pasquetta.

»Die Fliegen stechen mich«, sagte Baby.

»Gleich stech ich dich, wenn du nicht still bist und zuhörst.«

»Penny, erklär du es Baby, es ist doch so einfach … es bedeutet, dass Gott im Himmel ist und wir gehen mit ihm dahin, weil wir ihn lieb haben, ihn bedienen und ihn froh machen sollen. Was ist daran so schwer zu verstehen, du Dummerchen?«

»Weiter jetzt«, sagte Pierino.

Weil ich im Gras auf dem Bauch lag, waren seine Füße nah an meinem Gesicht. Sie rochen nach Heu.

»Und wer kommt ins Paradies?«

Lea und Pasquetta antworteten im Chor: »Ins Paradies gehen die, die gut sind, wer Gott also liebt und ihm treu dient und in seiner Gnade stirbt. Die Bösen, die Gott nicht dienen und in der Todsünde sterben, sind zur Hölle verdammt.«

Der Chor verstummte.

»Aber warum ist Onkel Wilhelm böse?«, fragte Baby.

»Der gnädige Herr ist böse, weil er nicht getauft ist und Jude ist«, sagte Zeffirino.

»Das hat der Pfarrer gesagt«, fügte Lea hinzu.

»Mein Onkel ist lieb«, beharrte Baby.

»Unser Onkel ist lieb«, wiederholte ich.

»Nein, der gnädige Herr ist nicht getauft und von der Erbsünde wird man erst durch die heilige Taufe erlöst, also ist er ein Sünder.«

»Und was ist die Erbsünde?«, fragte Baby immer quengeliger und entrüsteter.

»Die Erbsünde ist die Sünde, die die Menschheit beging … beging …« Pasquetta wusste nicht mehr weiter.

Lea beendete den Satz in einem Atemzug: »Den die Menschheit beging in Adam, ihrem Stammvater, und die sich von Adam mit der menschlichen Natur auf die Nachkommenschaft überträgt.«

Dann fügte sie hinzu: »Und weil von Adams Kindern nur die heilige Jungfrau Maria davor bewahrt wurde, müssen wir zur Jungfrau beten, die ohne Sünde ist und ganz rein ... Habt ihr nicht gesehen, was für ein weißes Gesichtchen sie hat?«

Wir betrachteten die Jungfrau, die auf das Buch gemalt war.

»Und so rote Lippen! Und sie hat zwei kleine Augen, die wie zwei Tautropfen aussehen!«, sagte Lea.

»Sie hat eine Schlange am Fuß!«

»Ja, aber die Schlange tut der Madonna nichts, siehst du nicht, dass sie die Schlange mit dem Fuß zerquetscht?«

»Die Schlange ist der Teufel, der sie in Versuchung führt.«

»Ja, aber Onkel Wilhelm ist lieb und kommt ins Paradies«, sagte Baby.

»Der gnä' Herr ist fremd und kommt in die Hölle, das hat auch der Pfarrer gesagt, weil die Juden nicht an Jesus und auch nicht an die Jungfrau glauben.«

»Das ist nicht wahr, Onkel Wilhelm kommt nicht in die Hölle.«

»Kommt er doch«, sagte Pasquetta, »außerdem geht er nie in die Messe, er nicht und die anderen auch nicht, und euch schickt er auch nie hin, und er bringt euch den Katechismus nicht bei, und wenn wir ihn euch nicht beibringen würden, würdet ihr auch in die Hölle kommen.«

»Das stimmt«, sagte Zeffirino mit ernstem Gesicht.

»Aber ich habe Angst.« Baby brach in Tränen aus.

Pierino sagte: »Das stimmt nicht, die beiden nicht, das hat auch der Pfarrer gesagt, weil sie doch getauft wurden, bevor ihre Mama gestorben ist.«

»Erinnert ihr euch an eure Mama?«

»Nein«, sagte Baby.

»Und du, Penny? Erinnerst du dich?«

»Nein«, sagte ich und dachte angestrengt nach. Aber meine erste Erinnerung ist Baby. Ich und Baby auf einer Terrasse und Schwalben am Himmel. Ich weiß, es war an der Piazza di Spagna und die Portiersfrau hieß Rosina. Dort sind wir geboren. Dort war Papa Direktor. Bis ich drei war, blieben wir dort, und meine einzigen Erinnerungen sind die Terrasse, die Dächer, die Schwalben und die Geräusche der Automobile. Das Haus war leer, und ich erinnere mich nur an Baby. Papa war immer Direktor und die deutsche Gouvernante schloss uns in der Wohnung ein und stellte das Essen für uns auf den Tisch. Wenn wir es nicht mochten, versteckten wir es unter den Kissen der Sessel. Die deutsche Gouvernante war jung und schön und hieß Lucy. Einmal sind Baby und ich an der grünen Pergola mit der Glyzinie hochgeklettert. Wir waren fast ganz oben und sahen einen alten Mann, der uns vom Fenster gegenüber Zeichen machte und ernst den Kopf schüttelte, als wollte er sagen: Nein. Weil wir ihn besser sehen wollten, kletterten wir noch höher und lehnten uns vor und winkten ihm zu. Plötzlich ging die Tür auf und viele Menschen stürmten auf die Terrasse und sagten uns mit fröhlichen Gesichtern, dass wir herunterkommen sollten. Als wir das endlich taten, bekamen Baby und ich ganz viel Haue und wir fingen an zu weinen.

»Hat euch echt noch niemand in die Messe mitgenommen?«, fragte Zeffirino.

Mein Vater kam mit einer riesigen Puppe, die uns Angst machte, so groß war sie, und setzte uns in den Wagen und lud uns bei einem Freund ab, der Maler war und Ugo hieß, und bei seiner Frau Renata, die hatten drei Kinder, und alle küssten und umarmten uns. Renata war die Erste, die uns von Jesus erzählte.

Eines Tages setzte Renata uns in einen Zug und brachte uns hier in die Villa von Papas Schwester Katchen und von Onkel Wilhelm, weil Papa mit dem Auto zu Mama in den Himmel gefahren war.

Unser Onkel umarmt uns nie, Annie ärgert uns und Aunty gibt uns diese fürchterlichen Stunden Englisch und Deutsch im Schatten der Steineiche, wenn die Zikaden ganz laut singen und Lea und Zeffirino uns vom Gebüsch aus hinterherspionieren.

Renata sagte uns: »Seid lieb und ärgert euren Onkel nicht«, dann verschwand sie.

»Euch beiden bringt man zu Hause aber auch gar nichts bei. Hat man euch nichts von Adam und Eva erzählt?«

»Nein«, sagte Baby, »nicht mal von Adam und Eva.«

Eines Tages gab Renata uns ein Gebetbuch, wo aber doch das Bild von Adam und Eva und dem Engel Gabriel mit dem brennenden Schwert drin war. Sie hatte es uns gegeben, bevor wir in die Villa kamen, und gesagt, unser Onkel ist reich, und es ist besser für uns, in der Villa zu wohnen, aber wir sollen uns an sie erinnern und an Jesus, den Engel Gabriel und den schönen heiligen Johannes.

»Wisst ihr wenigsten, wie viele Sünden es gibt?«

»Nein«, sagte Baby.

»Die Erbsünde, die tätige Sünde und die Todsünde.«

»Die Erbsünde wird durch die Taufe vergeben. Die tätige Sünde ist die, die jemand bewusst begeht, der Verstand besitzt. Die tätige Sünde teilt sich in zwei Arten: die lässlichen und die tödlichen.«

Wir wiederholten es im Chor.

»Ich verstehe das nicht«, meinte Baby.

»Sei still.«

Zeffirino sagte: »Auch der Teufel war mal gut, aber dann ist er böse geworden, also hat der Herrgott ihn aus dem Himmel heruntergeworfen.«

Und hier machte Zeffirino den Mund ganz rund, weil er mit der Stimme vom Teufel sprach, und sagte mit einem ganz hohen Stimmchen: »Ich geh ja schon runter, aber du musst mir die Seelen schicken!«

»Und was hat die Madonna gesagt?«, fragte Baby.

»Die heilige Jungfrau gab es da doch noch gar nicht. Sie musste doch erst unsern Herrn Jesus Christus gebären, und der Engel mit der Lilie in der Hand war noch nicht herabgestiegen und hat sie ihr noch nicht gebracht.«

»Die Geschichte geht so: Gott erschuf Adam und Eva, also kam der Teufel herunter, um sie zu versuchen, und sagte mit ganz hoher Stimme: ›Iss den Apfel, Eva, iss den Apfel, Adam‹.«

»Mit so hoher Stimme?«

Auch Pasquetta machte die Stimme des Teufels nach. »Genau so?«

»Ja, ja, so hat es auch der Pfarrer gemacht. Euch beiden hat man aber auch gar nichts beigebracht. Hat euch niemand was von Adam und Eva und dem Teufel erzählt?«

»Nein.«

»In der Villa lebt der Teufel, hat der Pfarrer gesagt. Und der gnädige Herr kommt in die Hölle, weil er nicht getauft ist. Man kann sich auch als Erwachsener taufen lassen, solange man es macht, bevor man stirbt.«

»Und wie geht das?«

»Man bekommt Wasser auf den Kopf.«

»Warum taufen wir Onkel Wilhelm nicht?«

»Du bist doch kein Priester.«

»Wir können nur ganz doll für ihn beten und Messen für ihn lesen lassen.«

»Aber unser Onkel ist ja noch nicht tot!«, rief ich.

»Nein, aber wir machen das, weil wir seine Seele retten.«

»Ja, aber unser Onkel ist so lieb, glaubst du nicht, dass Jesus ihn ins Paradies lässt?«

»Nein«, sagte Pasquetta, »und selbst wenn Jesus das wollen würde, gibt es immer noch Satan, der ihn holt und auspeitscht.«

»Er peitscht ihn aus?«

»Zuerst peitscht er ihn und dann steckt er ihn mit den anderen Verdammten ins Feuer.«

»In echtes Feuer?«

»Na, klar, das hat der Pfarrer gesagt.«

Baby fing wieder an zu weinen.

»Und woher weiß der Pfarrer das?«

»Hör mal Penny, willst du etwa mehr wissen als der Pfarrer? Was glaubst du denn, wofür es Pfarrer und Bischöfe gibt? Also wirklich …«

»Ich will nicht, dass Onkel Wilhelm ins Feuer kommt!«

Ich schluchzte. »Ich will das nicht, ich will das nicht!«

Ich schlug auf Pasquetta ein.

»Beruhig dich mal! Damit euer Onkel nicht in die Hölle kommt, beten wir für seine Seele und bringen Opfer.«

»Juden haben keine Seele.«

»Genau, man muss Buße tun«, sagten alle.

»Ja, Buße«, sagte Lea, »und wenn wir mehr leiden, ist es besser für ihn.«

12

Der Stift kratzte über das Schreibheft. Thema: »Wir lieben Mussolini wie unseren Vater.«

Aufsatz: »Ich liebe Mussolini mehr als meinen Vater, weil mein Papa nicht mehr da ist. Ich lebe bei meinem Onkel, also liebe ich Mussolini wie meinen Onkel.«

Dann habe ich die Frau Lehrerin gefragt, ob ich zur Toilette darf. In der Toilette stand ein schöner Blumenstrauß. Jeder von uns hatte auf seiner Schulbank eine kleine Vase, wo man Blümchen hineintun kann. Diese Vasen kippten immer auf die Hefte und das Wasser verdarb sie. Aber die Frau Lehrerin wollte es für den Parteisekretär hübsch machen, von dem nur niemand wusste, wann er kommen würde. Er konnte jeden Moment erscheinen. Vielleicht war er sogar schon an der Treppe und kam gerade hoch, zusammen mit den anderen Herrschaften. Wenn er kam, überraschte er alle in seiner faschistischen Uniform. Er kam mit anderen Herrschaften im Automobil. Der schwarze Wagen war ganz mit Schlamm bespritzt, als er an unserer Schule vorfuhr, und einmal gab es eine Pfütze genau vor dem Wagen und der Direktor wurde wütend, weil er sich die Schuhe schmutzig machte. An diesem Tag waren alle Mädchen als Piccole Italiane und die Jungs als Figli della Lupa angezogen, und wir sangen »Fuoco di Vesta che fuor dal tempio irrompe«*. Die Lehrerin war ganz aufgeregt und sagte, wir sollten singen und nicht grölen. Wir grölten nicht, aber der Direktor presste sich die Hände auf die Ohren, als wollte er sagen, dass wir zu viel Krach machen, und es war auch eine Frau dabei, die Ortsgruppenleiterin, die an uns vorbeischritt und uns musterte. Sie war ganz schwarz angezogen und hatte goldene Rangabzeichen auf den Schultern.

»Du, komm nach vorn!«, sagte der Parteisekretär, aber ich wusste nicht, wen er meinte, mich oder Pasquetta, und außerdem hatte ich Angst. Also rührte ich mich nicht.

Aber er fing an zu brüllen: »Die Kartoffel dort rechts! Komm nach vorn!«

Als ich Kartoffel hörte, fragte ich mich, ob ich gemeint war, und trat vor, und er sagte mir, dass ich gelbe Schuhe anhatte. Ich hatte Marie und Elsa gesagt, als sie mich anzogen, dass ich schwarze Schuhe brauche, aber mein Onkel war gekommen und hatte gesagt: »Die gelben tun es auch.«

»Ja«, sagte ich meinem Onkel, »aber ich bin eine Piccola Italiana und ich will Gruppenführerin werden. Ich will auch goldene Abzeichen und neben der Gruppe marschieren und den Takt angeben!«

Aber mein Onkel sagte, dass ich klein bin und dass ich Italienerin bin und das genügte, und es würde ihm kein Vergnügen bereiten, wenn ich goldene Abzeichen bekomme, und er es lieber hatte, dass ich keine Lügen erzähle. Er trug Cosimo auf, uns zur Schule zu fahren.

Der Parteisekretär sagte: »Wer bist du?«

Die Lehrerin erklärte, dass ich die Nichte des Gutsherrn bin, da machte er ein anderes Gesicht und sagte: »Grüße deinen Onkel von mir.«

Der Chauffeur holte uns ab und der Wagen verschwand zwischen den winkenden Kindern an der Straße und ließ eine Staubwolke zurück.

Ich überbrachte meinem Onkel die Grüße des faschistischen Parteisekretärs.

13

Gestern war ich brav, aber heute habe ich mein Kleid zerrissen. Also lief ich zu Elsa in die Küche und sagte, sie soll es mir nähen. Elsa hat es repariert, aber gerade, als sie fertig war, kam Onkel Wilhelm herein und fragte, was ich in der Küche mache.

Ich sagte, ich habe Durst, und das war gelogen, aber dann hat er mich gefragt, ob ich das Fenster im Speisezimmer eingeschmissen habe. Ich antwortete, ich war das nicht.

Bei Tisch wollte Marie wissen, wo ihr rotes Wollknäuel geblieben war, und noch bevor ich Baby treten konnte, sagte Baby, dass wir beide es genommen und damit Ball gespielt haben.

Unser Onkel machte ein ernstes Gesicht.

»Und wo habt ihr Ball gespielt?«

»Draußen«, sagte ich.

»Das Wollknäuel habe ich im Speisezimmer gefunden«, erklärte Marie wütend. »Ich habe euch schon so oft gesagt, dass ihr die Sachen von anderen Leuten nicht anrühren sollt. Warum sagst du, dass ihr draußen gespielt habt?«

Annie lachte los.

»Ich meinte drinnen«, entgegnete ich.

»Aber warum hast du draußen gesagt?«

»Weil wir so getan haben, als wären wir draußen, als wir im Speisezimmer waren.«

»Na gut, aber ihr wart im Speisezimmer und im Salon, denn der Glasfisch ist auch kaputt.«

»Ja, aber wir dachten, wir sind im Garten.«

Während Onkel Wilhelm mich ausschimpfte und mich ohne Abendessen ins Bett schickte, fragte ich mich, warum er mit mir schimpfte.

Es stimmt schon, dass die Scheibe kaputt war und der Glasfisch auch. Aber gibt es im Wald etwa Glas? Gibt es etwa Glasfische an der Luft? Warum bin ich dann schuld, wenn sie kaputt gehen? Ich und Baby haben es nicht mit Absicht gemacht. Baby hatte beschlossen, dass der Salon der Garten war und das Speisezimmer die Tenne. Ist es etwa meine Schuld, wenn für unseren Onkel der Salon der Salon ist und der Fisch ein Fisch?

Für uns beide war der Fisch kein Fisch, sondern ein Engländer, der auf einem Berg stand und den wir erschießen mussten, und dann ist er gestorben, weil die Piccole Italiane und die Balilla* den Berg erobert haben.

Es stimmt nicht, dass ich keinen Verstand und kein Herz habe. Und wenn überhaupt, hat der Duce den Fisch kaputt gemacht, weil auch der Duce im Salon gekämpft hat.

Und weshalb Annie darüber lacht, verstehe ich überhaupt nicht. Ich freue mich aber, dass auch Annie von meinem Onkel ausgeschimpft wurde, denn man lacht bei Tisch nicht, wenn er wütend ist.

Ich denke also an den Tag, an dem mein Onkel endlich versteht, dass ich lieb bin und dass meine Wahrheit richtig ist. Ich stelle mir schon vor, wie er mit offenen Armen zu mir kommt, um Frieden zu schließen, und mich ganz viel küsst und streichelt, was er sonst nie macht.

14

Heute waren wir in der Küche, wo Marie Waffeln mit Sahne machte, weil Annie Geburtstag hatte. Aber Marie verjagte uns, also liefen wir nach draußen und haben »Schwarzer Korsar«* gespielt.

Ich bin immer der Schwarze Korsar und Annie ist immer die Frau vom Schwarzen Korsar und trägt Lippenstift, und Baby spielt den Freund vom Schwarzen Korsar.

Wenn Annie nicht mitmachen will, spielen Baby und ich, weil wir ja nur zu zweit sind, Don Quijote und Sancho Pansa. In dem Spiel müssen wir auf unseren Rössern gegen Windmühlen kämpfen. Ich vorneweg, Baby hinterher. Ich setze mir einen Teller als Helm auf den Kopf und wir reiten auf unserem Bernhardiner Alì, mit dem Besen in der Hand.

Unser Onkel hatte uns *Don Quijote* zu Weihnachten geschenkt.

Heute hat er uns *Die Kopfjäger* geschenkt und gemeinsam haben wir Signor Pit überfallen. Zuerst hat Signor Pit sich gewehrt, aber dann hat er mit seiner überheblichen Art uns machen lassen und gedacht, dass wir nur spaßen. Aber ich habe keinen Spaß gemacht, und wir fesselten ihn mit einem Seil ganz fest an einen Baumstamm, auch weil er seine Brille verloren hatte, und deshalb sah er nichts und konnte nicht weglaufen.

Ich verlangte Lösegeld von ihm, und zwar alle Bonbons, die er in seinen Taschen und auf seinem Zimmer hatte.

Aber Onkel Wilhelm hat mich bestraft und redet seit drei Tagen nicht mehr mit mir. Was soll ich nur tun, damit er mich wieder grüßt?

Irgendwann werde ich aus diesem Haus weglaufen, in dem mich niemand küsst und niemand mich in den Arm nimmt. Ohne mich wird es allen gut gehen und Elsa wird nicht mehr keifen, dass ich sie in der Küche störe oder dass das Hühnchen verschwunden ist (weil ich es dem armen Streuner gegeben habe, den Baby und ich gefunden haben), und Marie wird nicht mehr kreischen, weil ich Leonardo erzählt habe, dass sie in ihn verliebt ist; nur weil ich ihr Tagebuch gelesen habe, ist das doch noch lange keine Lüge, oder? Nein, ich habe die Wahrheit gesagt und wurde bestraft.

Annie wird dann auch nicht mehr wütend auf mich, weil ich ihr nicht mehr den gelben Teddy klaue, den ich so gern habe, auch wenn er nur noch ein Auge hat. Das andere habe ich ihm ausgerissen und es Ginetta gegeben, gegen den bösen Blick.

Denn sie haben Tosca, die Schwester von Ginetta, verhext und nun isst sie nichts mehr.

Baby wird es ohne mich auch besser gehen. Aber was mache ich nur ohne Baby? Allerdings bin ich ja stärker, ich könnte überleben, selbst wenn ich nur Feigen und Weintrauben esse, und dann könnte ich arbeiten und meinen Unterhalt selbst verdienen und niemand würde mir mehr sagen, dass ich »undankbar« bin.

Die Großen glauben, Kinder leiden nicht und ich habe kein Herz, nur weil ich gestern, als mein Onkel mir auftrug, seine Brille zu holen, damit er die Post lesen kann, sie beim Laufen fallen gelassen habe und sie kaputt ging. Dabei renne ich doch immer blitzschnell los, wenn die Großen etwas brauchen, oder?

Penny, hol den Stock deines Onkels, Penny, hol das Schachspiel, Penny, hol die Brille, Penny, hol mir mal den Sonnenhut; sogar Annie hält mich für ihre persönliche Dienerin: Penny, hol die Boccia-Kugeln. Und dann schimpfen sie mich aus. Wenn sie wüssten, was für finstere Gedanken mir kommen, sobald sie das machen! Sie wissen nicht mal, dass ich oft daran denke, mich umzubringen.

Wenn ich sterben würde, dann würden mich alle lieb haben, und Tante Katchen würde mir Kekse bringen und Elsa eine Brühe, und mein Onkel würde mich in seinem großen Bett schlafen lassen und mich zwischen sich und Tante Katchen legen und mich ganz fest drücken, und ich wäre so glücklich und würde vor Rührung weinen.

Deshalb habe ich einen Zettel geschrieben: »Ich hänge mich jetzt auf« und habe mich aufgehängt, aber weil ich nicht starb, habe ich mich mit dem Seil um den Hals ganz oben unter dem Oberlicht der Villa versteckt und von dort konnte ich sehen, wie alle umherrannten, nach rechts, nach links, die Treppe rauf und runter, rein und raus in die Zimmer, Onkel Wilhelm, Elsa, Baby, Annie, die weinende Marie und Signor Pit.

Ich dachte immer schon, Marie ist wie die Madonna, nämlich lieb, und hat mich gern. Elsa hingegen ist böse und sagte: »Dieses dumme Ding, was hat sie jetzt wieder angestellt!« Baby hingegen weinte nicht, weil sie ja wusste, dass ich beim Oberlicht war. Mein Onkel tat mir leid, und als er mich rief, musste ich weinen. Also wollte er mich wirklich zurückhaben?

Ich bekam Angst hinunterzugehen, ohne mich aufgehängt zu haben. Ich hatte noch das Seil um den Hals, aber ich wusste doch nicht, wo ich mich aufhängen sollte.

Tante Katchen rief weinend: »Penny, komm zurück!« Und weil auch Marie weinte, während mein Onkel und alle anderen draußen herumschrien, selbst Signor Pit, ging ich doch hinunter.

Mein Onkel sah mir fest in die Augen, ohne ein Wort zu sagen. Tante Katchen weinte und fragte:

»Warum hast du das gemacht?« Dann nahm sie mich in den Arm: »Geht es dir denn nicht gut bei uns?«

Da musste ich weinen und sagte, ich habe sie und Onkel Wilhelm so lieb und ich dachte, dass sie mich nicht mehr gernhaben, weil ich so böse war, und ich sagte, Onkel Wilhelm nimmt mich nie in den Arm, und dann ich bin auf seinen Schoß geklettert und meine Tränen fielen auf seinen Kragen. Da umarmte er mich ganz fest, aber später hat er mich bestraft und ohne Abendessen ins Bett geschickt.

Ich liebe meinen Onkel mehr als den Duce, mehr als Jesus und mehr als Italien.

15

In der Schule gibt es eine Aufführung. Alle werden etwas vortragen. Elsa näht mit Rosa die Kleider für die Feier. Baby wird ein Engel und ich auch. Marie und Tante Katchen basteln die Flügel. Ich bekomme auch welche, obwohl Marie sagt, ich schaue viel zu böse, um ein Engel zu sein. Die Frau Lehrerin ließ fragen, ob Annie und Marie bei der Aufführung Geige spielen und Baby und ich ein neues faschistisches Lied singen könnten. Onkel Wilhelm findet das Lied schrecklich und geht immer aus dem Salon, wenn Annie Geige spielt, Marie sie auf dem Klavier begleitet und wir singen. Annie bildet sich was darauf ein, dass sie Geige spielt; wenn jemand für Aunty von oben die Brille holen soll, die sie immer vergisst, oder irgendetwas anderes Lästiges machen muss, sagt sie: »Geht ihr, ich muss Geige üben.« Dabei übt sie nie und fährt stattdessen lieber mit ihrem Fahrrad herum.

Baby und ich haben beschlossen, dass wir sie ordentlich verhauen.

Natürlich kann man mit solchen Gedanken im Kopf nicht gut einen Engel spielen. Serenella und

Piera Cuccurullo, ja, die geben gute Engel mit ihren offenen Haaren bis über die Schultern! Sie sind in der dritten Klasse. Meine Haare sind kurz und dunkel. Ich hätte auch gern solche langen glatten Haare!

Fabrizia aus der vierten Klasse spielt die Madonna und hinter ihr werden alle Engel im Chor singen. Einige Mädchen werden auf Bänken sitzen. Andere haben dafür Girlanden im Haar, und ich bin in der zweiten Reihe rechts. Ich trage auch eine Girlande auf dem Kopf, aber Baby steht dafür in der ersten Reihe, mit einer Lilie in der Hand. Beim Zeichen der Lehrerin fangen wir an zu singen. Der Direktor wird da sein und auch der Parteisekretär. Annie, die am größten ist, wird als Piccola Italiana angezogen sein.

Das Lied ist ziemlich schwer, weil Engel es singen und es immer höher und höher wird, wo ich gar nicht hinkomme. Wenn der Direktor uns ein Zeichen gibt, singen wir das Ave Maria, dann die faschistische Hymne und alle Engel stellen sich auf, nehmen die Lilie in die linke Hand und machen mit der rechten den Römischen Gruß. Auch Marie wird als alte Römerin angezogen sein und Kornähren im Arm halten, sie stellt nämlich die Göttin Ceres* und den Reichtum Italiens dar.

16

Unser Dienstmädchen Rosa macht im Wald mit Nello Liebe, und Pippone macht Liebe mit Beppa.

»Was machen sie, wenn sie Liebe machen?«

Zeffirino sagte, Pippone macht jeden Abend im Gebüsch Liebe, und wenn ich es sehen wollte, würde er mich hinbringen. Beppa ist die Ehefrau von Cencetti, der hat fünf Kinder und eines heißt Aalglatt, weil es einen ganz glatten Körper hat.

»Wie macht man eigentlich Liebe?«

Zeffirino sagte, man braucht dafür nichts und es ist ganz einfach.

Als wir auf dem Gipfel des Hügels ankamen, wo wir Pippone suchen wollten, ging die Sonne schon unter. Die Baumstämme waren auf der Seite vom Sonnenuntergang rot und auf der anderen Seite schwarz. Ich hatte mir auch die Schuhe ausgezogen und als ich wie Zeffirino mein Ohr auf den Boden legte, konnte ich die Geräusche aus dem Ginsterbusch hören.

»Komm, wir schauen nach.«

Wir liefen zum Gebüsch, wo sie Liebe machten. Ich sah einen Mann auf einer Frau liegen, das erkannte ich daran, weil er vier Füße hatte und der Kopf im Gebüsch steckte.

»Sie sind tot, sie bewegen sich gar nicht!«

»Pippone hat ja vier Beine!«, sagte Zeffirino und lachte, hörte aber sofort wieder auf, als ihn ein Stein am Kopf traf. Wir rannten den Hügel hinunter. Pippone war aus dem Gebüsch gesprungen und warf mit Steinen nach uns. Jetzt stand er immer noch wie eine Riese auf dem Hügel und warf Steine.

»Hast du gesehen?«, fragte Zeffirino mit rotem Gesicht, als wir unten waren. »Sie haben sich geküsst!«

In der Tenne trafen wir Baby, Pasquetta, Lea und Pierino.

»Wir haben gesehen, wie Pippone und Beppa Liebe machen!«

»Wirklich?«, fragten sie gleichzeitig.

»Sie haben sich geküsst!«

»Was macht man, wenn man sich küsst?«, fragte Baby.

»Man berührt sich an der Zunge.«

»Haben Pippone und Beppa sich an der Zunge berührt?«

»Ja, ja, sie berühren sich an der Zunge«, sagte Zeffirino. »Ich hab's mit eigenen Augen gesehen.«

»Man berührt sich an der Zunge, wenn man Liebe macht?«

Pierino sagte, die Flecken auf dem Mond sind zwei Verliebte, die sich küssen. »Hast du etwa noch nie gesehen, was die Verliebten auf dem Mond machen?«

»Nein«, sagte Baby.

»Ich zeig's dir ...« Pierino streckte die Zunge heraus und sagte Lea, sie soll ihre herausstrecken, und sie stellten sich voreinander auf und ihre Zungen berührten sich. Lea sprang zurück, kicherte und sagte, Pierino hat sie an der Nase gekitzelt.

»Ich will auch! Ich will auch!«, sagte Baby.

»Hier ...«, Pierino beugte sich zu Baby hinunter. Er und Baby berührten sich mit den Zungen, dann berührten sich Pasquetta und Lea mit den Zungen und danach stellten ich und Zeffirino uns voreinander auf, um uns zu küssen. Aber schließlich zogen wir nur noch Grimassen und hauten uns und Pierino küsste mich, wobei er mein ganzes Gesicht und den Hals ableckte. Zeffirino fing an, mir die Ohren zu lecken, und wir versanken alle im Heu.

»Ich bin voller Flöhe«, brüllte Zeffirino.

»Noch einen Kuss!«

»Jetzt fang ich dich!«

Das Korn war mittlerweile fast so hoch wie Baby und wir schlugen lachend einen Pfad hindurch. Plötzlich sah ich den Babbo von Pierino auf der anderen Seite vom Feld, der zu uns rüber brüllte, weil wir das Korn zertrampelten.

17

Zur Schulfeier kam der faschistische Parteisekretär. Baby und ich traten vor und sangen das Lied für den Duce. Es ging so: »Mussolini, Mussolini, mit dem Knüppel und der Kanone, mit kühner, stolzer Miene, über allem triumphieren Faschismus und Nation.«*

Auch Annie, angezogen als Piccola Italiana, trat mit der Geige in der Hand vor. Die Frau Lehrerin war ergriffen und ganz rot im Gesicht. Annie war auch rot und ihre Hand zitterte. Sie fing an zu spielen, konnte aber vor Aufregung die Noten nicht mehr lesen. Also haben Baby und ich aus vollem Hals gesungen, damit der Parteisekretär nicht hörte, dass Annie falsch spielte. Aber dann sangen wir auch falsch, weil wir auf Annie hörten.

»Es lebe der Duce!« rief die Lehrerin, als der Sekretär gehen wollte.

»Auf uns!«, brüllten wir alle.

Da kam der Parteisekretär zurück und fragte uns ab.

»Welcher ist der größte Fluss Italiens?«

Zeffirino überlegte einen Augenblick, da flüsterte Cesira ihm zu: »Po … Po … Po …«

»Pompeij«, sagte Zeffirino.

»Der Po«, sagte der Parteisekretär verärgert.

Dann prüfte er Cesira.

»Was für ein Tier ist das Kamel?«, fragte er.

Die Frau Lehrerin lächelte Cesira zu und machte ihr Mut. Das hatte sie uns nämlich beigebracht und wir hatten sogar einen Aufsatz über das Kamel schreiben müssen.

Aber Cesira antwortete, das Kamel lebt in der Wüste und wenn es Hunger hat, frisst es seine eigenen Haxen. Anstatt zu sagen, es frisst seine Höcker, wenn es hungrig ist.

Als wir in die Villa zurückkehrten, erlaubte uns Onkel Wilhelm, dass wir als Engel verkleidet bleiben durften.

Am Sonntag würde es eine Prozession für die Madonna geben. Die Bauern würden sie von der Dorfkirche bis zur Villa tragen, und dann würden sie wieder umkehren.

Sie würden die Madonna auf den Schultern tragen und sie alle fünf Schritte eine Verbeugung machen lassen. Die Frauen würden singen: »Ave, ave Maria.« Allerdings kreischen Pasquetta und Lea beim Singen auch so laut, dass der Pfarrer immer sagt, sie brüllen.

Am Sonntag verkündete der Pfarrer, dass der Bischof das Dorf besuchen würde; Lea erzählte es mir, weil man uns ja nicht in die Messe schickte. Sie sagte, der Bischof würde unseren Onkel in der Villa besuchen.

»Der Bischof hat einen Ring, der tut Wunder, und man muss ihm die Hand küssen.«

»Kommt der Bischof wirklich zu Besuch in die Villa, nur für Onkel Wilhelm?«, fragte Baby.

Lea sagte, es wäre, als wenn der Heilige Geist ins Haus kommt, und wiederholte, dass der Bischof einen riesengroßen Ring hat, der Wunder tut. Baby sagte, sie will nicht, dass der Bischof die Villa verlässt, wenn er dann den Segen wieder mitnimmt. Sie machte sich Sorgen, ob all ihre Spielsachen rechtzeitig für den Segen aufgestellt wären.

»Wieso kommt der Bischof unseren Onkel besuchen, wo er doch gar nicht getauft ist?«

»Vielleicht weiß der Herr Bischof das nicht.«

Zu diesem Anlass wurde die Villa von oben bis unten geschmückt und die bunten Decken hingen aus den Fenstern. Tante Katchen und Marie liefen durch die Zimmer und schmückten die Fenster. Mein Onkel war wie üblich im Arbeitszimmer bei seinen Büchern. Er war nervöser als sonst und hatte mich auch schon wieder ausgeschimpft. Alle rannten herum und alle redeten durcheinander.

Uns Kleine schickten sie nach draußen, damit wir Blumen pflücken und einen bunten Blütenteppich unten an der Treppe legen, wo die Prozession ein bisschen anhalten und wo die Madonna abgestellt werden sollte, bevor sie dann wieder weggetragen würde.

Der Wind wehte Babys Kleid hoch, als sie sich bückte und für die Madonna Blumen pflückte und dabei zwischen Mohnblumen und Ginster verschwand. Ab und zu tauchten ihre blonden Locken wieder auf und sie kam hüpfend mit einer Handvoll Veilchen und Mohnblumen wieder.

Die Bauern hatten auf die Auffahrt mit Lorbeerblättern »Ave Maria« geschrieben.

In die Zwischenräume sollten die Blumen. Darum kümmerten wir uns. Den Buchstaben A füllten wir mit gelbem Ginster und den Buchstabe M mit Veilchen und Mohnblumen. Elsa rief uns: »Kommt sofort her und zieht euch um!«

Ganz sauber und mit Schleifen im Haar schickte sie uns wieder an den Fuß der Treppe. Da sah man auch schon die Prozession den Hügel hochkommen. An der Spitze gingen die Carabinieri, dann kam der Pfarrer und segnete, danach die Messdiener, der Parteisekretär, die singenden Frauen und die weiß angezogenen Kinder, da war auch Pasquetta dabei. Sie sang und sah uns nicht mal an ... und da ... da ... war der Bischof und da ... die Madonna.

Unter einem Baldachin ganz aus Gold kam sie auf den Schultern der Männer langsam näher und verbeugte sich.

»Seht mal, die Madonna weint!«, sagte Zeffirino.

»Sie hat uns angelächelt!«, rief Lea.

Ganz langsam kamen alle zur Villa. Unten an der Treppe stand unser Onkel, ganz weiß angezogen, mit dem breitkrempigen weißen Hut.

»Er könnte ein Heiliger sein«, sagte Pasquetta, wobei sie ihn betrachtete.

»Wenn die Madonna ihm die Gnade erweist, wird er einer.«

Die Trompeten erklangen und alle sangen noch lauter.

Die Madonna verneigte sich ein letztes Mal, dann drehte sie sich um und kehrte langsam zurück und verschwand am Ende des Weges, gefolgt von der Prozession.

»Sie hat mir zugewinkt, und dir?«

»Mir nicht«, sagte ich traurig.

18

Marie war ganz aufgeregt. Sie bereitete die Erdbeeren für den Bischof vor. Marie konnte ganz toll die seltsamsten Dinge zubereiten. Heute wollte sie die Erdbeeren pürieren und Eis daraus machen.

»Katchen, are you ready?«

Mein Onkel sprach immer Englisch oder Deutsch, wenn er wütend war.

Er trug mir auf, Tante Katchen zu rufen, die zu spät war. Meine Tante schickte mich in die Küche, damit ich nachsah, ob Marie fertig war, und bei der Gelegenheit knuffte sie mich zum Dank ganz leicht an der Nase und stellte mir ein paar Fragen auf Englisch. Der Diener lief hin und her und machte mich ganz nervös, er musterte uns von oben bis unten und schien der Padrone vom Haus zu sein.

Die gesamte Dienerschaft und die Bauern standen in der Eingangshalle, weil sie die Hand vom Bischof küssen wollten. Der Wagen des Bischofs kam an.

Daraus stiegen der Pfarrer, ein Mönch, noch ein

Priester und der Bischof, der ganz violett angezogen war. Der Pfarrer zeigte ihm den Weg, mein Onkel kam ihm entgegen und gab ihm die Hand.

In der Halle warteten die Bauern und die Dienerschaft auf den Bischof, um ihm die Hand zu küssen. Baby, ich und Annie waren auch da. Der Bischof war riesengroß und ich meinte, in seinen Augen ein helles Licht zu sehen. Alle warfen sich ihm vor die Füße und küssten ihm die Hand. Er lächelte milde und streckte uns die Hand mit dem Ring entgegen. Er hielt sie auch Baby hin. Baby klammerte sich daran und ließ nicht mehr los. Der Bischof schüttelte die Hand, dann den Arm, sein Gesicht verzog sich. An ihn geklammert schluchzte Baby: »Rette ihn, rette ihn«, aber niemand verstand das. Der Bischof schüttelte noch einmal die Hand, aber er konnte sich nicht von Baby befreien.

Verärgert trat mein Onkel vor und sagte: »Baby, what are you doing?«

Wir alle zogen Baby vom Bischof fort, der wieder lächelte und mit den anderen in den Salon ging.

Der Umhang des Bischofs blieb in der Eingangshalle und die Bauern küssten ihn.

»Dummkopf!«, sagte Lea zu Baby.

Baby sagte schluchzend, Onkel Wilhelm hatte den Ring des Bischofs nicht geküsst, also würde er nicht gerettet werden, und sie wollte nicht, dass der Bischof die Villa wieder verließ, ohne das Wunder zu machen.

»Solange der Bischof in der Villa ist«, sagte Pasquetta, die ganz weiß angezogen war und ein Seidenband im Haar trug, »ist auch der Heilige Geist da.« Sie zeigte auf den Umhang des Bischofs, der in der Eingangshalle hing.

Ich schlüpfte hinaus in den Garten und schaute durch die halb geschlossenen Fensterläden in den großen Salon. Ich hörte, wie der Pfarrer meinen Onkel fragte, warum er uns nicht in die Messe schickte, wo wir doch getauft waren, und dass unsere Eltern uns ganz sicher hingeschickt hätten.

Daraufhin sagte mein Onkel mit ziemlich kühler Stimme, er würde es uns lieber selbst entscheiden lassen, wenn wir größer wären und alles verstünden.

Und weil der Pfarrer sagte, es ist nicht recht, nicht in die Messe zu gehen, unterbrach der Bischof ihn und sprach von der Güte Gottes, die unendlich ist und die früher oder später alle erleuchten würde. Der Bischof sprach ganz sanft wie ein Heiliger.

Cosimo brachte die Erdbeeren.

Ich sah Baby, wie sie aus der Eingangshalle zu uns rannte. In der Hand hatte sie ein Stück Stoff, so violett wie der Umhang vom Bischof.

»Ich habe ein Stück von seinem Umhang abgeschnitten!«, sagte Baby. »Dann geht der Heilige Geist nie mehr von hier weg.« Und mit der Schere in der anderen Hand fing sie an, ein Loch unter dem Mispelbaum zu graben.

»Ich tu es hier hin«, sagte sie.

Am Abend schickte Onkel Wilhelm uns ohne Essen ins Bett und ich musste zwanzig Seiten mit dem Satz vollschreiben: »Es ist verboten, die Kleidung von Bischöfen zu zerschneiden.«

19

Es klingelte an der Haustür, und ich lief hinunter, um Baby zu holen, die sich die Schulmappe von Zeffirino tragen ließ.

»Guck mal!«, sagte Baby und streckte die Zunge heraus.

»Baby, guck mal hier!«, sagte Pierino und streckte seine Zunge heraus.

»Welche ist länger?«

»Penny, zeig mal deine.«

Ich strecke meine Zunge heraus, aber Zeffirino ist der Beste, weil er mit der Zunge seine Nasenspitze berühren kann.

»Signorine, bitte kommen Sie, der Wagen steht bereit!«

Als wir wieder nach Hause zurückkehrten, hörte man in der Ferne ein Geräusch, als würde es donnern.

»Regnet es?«, fragte Baby den Chauffeur.

»Nein, das ist eine Kanone.«

Ich bin sehr traurig, weil der König den Duce ins Gefängnis gesteckt hat, aber dann hat sein Freund

Hitler ihn gerettet, und jetzt schimpft der Duce im Radio auf die Verräter.

Ich erkenne seine Stimme nicht mehr, sie ist ganz anders und er spricht vom Durchhalten und nicht mehr vom Siegen. Ich erinnere mich noch an seine Rede vom Palazzo Venezia. Das Radio sagte: Und da ist er, der Duce nimmt die Parade der Soldaten ab, da, da ist er, der Duce geht nicht, er fliegt. Jetzt hat der Duce die Parade beendet und kehrt mit stolzem Schritt zu den Parteileitern zurück, die ihn umringen und ihm kaum folgen können. Der Duce berührt kaum den Boden, sein Blick ist stolz, er lächelt, geht die Stufen empor, die Parteileiter können kaum mithalten, so geschwind ist sein Schritt. Jetzt, jetzt betritt der Duce den Balkon und grüßt das jubelnde Volk!

Mein Onkel saß verdrossen in einem Sessel.

Wie gut der Duce spricht. Seine Stimme hat einen vollen Klang. Er sprach stoßweise und hielt inne, wenn er vom Jubel übertönt wurde:

Weil das faschistische Italien …

Jubel.

Ich sage, das faschistische Italien …

Jubel.

Wird sich nicht unterkriegen lassen. Wir werden siegen!

Jubel.

Wir jubelten auch.

»Es lebe Italien!«, kreischte Annie aufgeregt.

»Es lebe der Duce! Es lebe Italien!«, riefen Baby und ich.

»Wir müssen die Flagge aus dem Fenster hängen, oder, Papa?«, sagte Annie.

Onkel Wilhelm antwortete nicht.

Annie drehte sich verärgert zu Marie und Tante Katchen:

»Die Flagge, Mama!«

»Raus hier!«, rief mein Onkel sehr ernst. »Ihr macht zu viel Krach!«

Wir drei rannten schreiend auf den Hof und sangen aus vollem Hals faschistische Lieder. Könnte der Duce uns nur hören, könnte er nur hören, dass wir auf seiner Seite sind, dass er auf uns zählen kann, dass wir stolz sind, Piccole Italiane zu sein, und unser Blut für die faschistische Revolution geben, wenn es nötig ist.

In der Schule sagte der Parteisekretär einmal zu uns, dass der Duce Italien von den Bolschewisten befreit hätte, die rote Hemden trugen, fluchten und immer auf den Boden spuckten.

»Spielen wir Krieg!«

»Ich bin der General, und du?«, sagte ich.

»Ich bin Fabio Fabrucci vom dritten Infanterie-Regiment«, sagte Pierino.

»Danke, Hauptmann, für Ihre Anstrengungen. Haben Sie den Feind gefunden?«

»Ja, Herr General, ich habe ihn entdeckt und von hinten umzingelt.«

»Wirklich? Ohne gesehen worden zu sein?«

»Ja, Herr General.«

»Wo sind die Gefangenen?«

»Hier, Herr General.«

Mit erhobenen Händen traten sie nacheinander vor. Zuerst Baby, dann Zeffirino, Lea, Pasquetta und Angelo.

»Hände runter«, sagte der General.

»Gott verdamme die Engländer!«, brüllte Pierino.

»Und jetzt beschreiben Sie uns Ihr heldenhaftes Unterfangen, Hauptmann.«

»Es lief so, Herr General. Ich war gerade auf Wache, als ich den Feind entdeckte. O-oh! Da ist der Feind, habe ich mir gesagt.«

»Woran haben Sie erkannt, dass es der Feind war?«

»Das hat mir der Herr General gesagt.«

»Wissen Sie denn nicht, dass alle Feinde rote Hemden tragen und Bolschewisten sind?«

»Ja, Herr General, und sie fluchen.«

»Haben Sie ihnen verboten, zu fluchen und auf den Boden zu spucken?«

»Ja, Herr General, ich habe ihnen befohlen, nicht zu fluchen.«

»Sehr gut, was haben Sie dann gemacht?«

»Nachdem ich den Feind gefangenen genommen habe, habe ich die Flagge Italiens geholt und auf den Gipfel des Berges gepflanzt und gerufen: Es lebe der Duce, General.«

»Bravo.«

»Verleihen wir ihm eine Medaille.«

»Na gut, hier ist die Medaille.«

»Guten Tag, Herr General«, sagte Zeffirino und trat vor.

»Wer bist du?«

»Soldat Alfiero Brissoni von der sechsten Infanterie.«

»Was willst du?«

»Ich war im Lager des Feindes und habe Hühner gestohlen und die italienische Trikolore anstelle der feindlichen Fahne gehisst, ohne dass man mich erwischt hat. Bei der Flucht habe ich den feindlichen Kommandanten mit einem Bajonettstoß getötet, seinen Adjutanten mit einem Schlag in den Nacken, alle seine Soldaten mit ein bisschen Gift, das ich in der Tasche hatte, und dann habe ich einen Zweikampf gegen eine Wache geführt, die Alarm schlagen wollte. Also habe ich ihm das Bajonett ins Herz gestochen und als er hinfiel, hat er ›Huuuug!‹ gemacht. Ich habe mich umgedreht und zehn Feinde kamen von hinten auf mich zu und paff, paff, habe ich sie geschlagen. Einer ist hingefallen und hat mich umgeworfen und mir dabei nur ein Auge ausgerissen, Herr General. Ich habe es gern für das Vaterland gegeben.«

»Ist gut, hier deine Medaille.«

Dann kam Pierino. Er stolperte an zwei Kleiderbügeln vor.

»Was ist das?«

»Krücken, Herr General.«

»Was ist passiert?«

»Der Krieg, Herr General.«

Während Pierino sprach, zitterte er und schüttelte rhythmisch den Kopf.

»Bist du verletzt?«

»Ist nicht der Rede wert, Herr General.«

»Ich habe rechts und links zugeschlagen … Köpfe flogen hierhin und dahin.«

»Wie viele Tote?«

»Keine, Herr General.«

»Du bist mutig.«

»Jetzt ich! Jetzt ich!«, riefen Baby, Annie, Zeffirino und die anderen, die entweder humpelten oder den Arm in der Schlinge trugen.

»Seid ruhig.«

»Soldat Fiorenzo Baccucci, fünftes Kavallerie-Regiment.«

»Wie hast du deine Beine verloren?«

»Also, Herr General. Es war dunkel und ich habe nichts gesehen, da habe ich die Stimme des Feindes gehört, die sagte: Alle Italiener sind Schweine. Da habe ich gesagt: Ihr seid die Schweine! Und ich habe mich auf sie gestürzt und habe sie alle getötet. Da hat einer von ihnen gesagt: Du bist ein tapferes italienisches Schwein. Ich bin ohne Beine zum Fenster gegangen und habe die Trikolore rausgehängt. Dann bin ich hergekommen, immer noch ohne Beine, Herr General. Zu Ihren Diensten!«

»Ist gut, hier deine Medaille.«

»Es lebe der Duce, nieder mit den Engländern. Vorwärts, zum Angriff!« Und wir rannten los und riefen: »Ra-ta-ta-ta-ta …«

20

Am Tag darauf wartete der Chauffeur mit dem Wagen auf der Hauptstraße. Eine Gruppe von singenden Faschisten zog vorbei. Sie waren schwarz angezogen mit goldenen Rangabzeichen, hatten schwarze Stiefel und versteckten die Lippen unter Schnurrbärten.

»Kommen Sie schnell, Signorine«, sagte der Chauffeur, ließ uns in den Wagen einsteigen und brachte uns in die Villa.

In der Tenne hielt Pippone Baby an den Füßen, warf sie in die Luft und fing sie wieder auf. Dann schleppte er Baby und mich unter seinen Armen herum, als wären wir zwei Säcke.

Pippone sagte: »Meine Taschen sind so groß, da passen zwei Schiffe rein. Eines rechts und eines links.«

»Wirklich?«

»Natürlich. Zwei Schiffe«, wiederholte er.

»Annie, weißt du, dass Pippone zwei Schiffe in der Tasche hat?«

»Dummkopf.«

»Annie, lass mich ein bisschen mit deinem Rad fahren!«

»Du machst es nur kaputt!«

»Nein, mach ich gar nicht. Annie, lass mich mal fahren!«

»Du und Baby, ihr macht immer alles kaputt.«

»Ich mach auch alles, was du willst«, sagte ich, »wenn du mich mal mit deinem Rad fahren lässt.«

Annie hielt einen Moment an, als würde sie nachdenken. Dann sagte sie: »Wenn ihr mich zur Königin macht, gebe ich es euch.«

Weil auch Pasquetta, Lea, Zeffirino und Pierino mit Annies Rad fahren wollten, machten wir sie zur »Königin«. Bei der Krönung von Annie waren alle dabei. Ich hasste Annie, wie sie da auf dem Thron saß und sich von Lea die Haare kämmen ließ und uns befahl, vor ihr niederzuknien. Wir waren ihre Sklaven. Nur Lea hatte das Herz der Königin erobert und war ihre Beraterin geworden.

»Stinkstiefel!«, beschimpfte Pasquetta sie.

»Selber Stinkstiefel«, sagte Lea zu Pasquetta und verpasste ihr eine Kopfnuss.

»Genug!«, sagte die Königin und stieg von ihrem Thron. »Ich will, dass ihr hundert Mal ›Es lebe Annie‹ ruft!«

Wir riefen hundert Mal »Es lebe Annie«, aber das reichte ihr nicht. Wir mussten uns mit Erde beschmieren, auf Knien krabbeln und alle möglichen Dinge für sie tun. Vor allem mussten wir ihr die

Haare kämmen. All meine Pinienzapfen waren in die Hand der Königin übergegangen. Bis ich ihr eines Tages sagte: »Behalt dein Fahrrad.«

Wir hatten nämlich ein neues Spiel entdeckt: auf wilden Schweinen reiten. Diese Schweine wurden morgens von Pierinos Mutter freigelassen und kehrten abends in den Stall zurück. Während des Tages liefen sie durch den Wald und fraßen Kastanien. Wenn die wilden Schweine Kastanien finden, sagt Lea, machen sie die auf und fressen das Innere, ohne sich die Rüssel zu zerstechen. Sie sagt, dass sie wild sind und wenn man sie isst, nennt man sie »Magerlinge«. Wir essen im Wald immer rohe Kastanien und bekommen später davon Bauchschmerzen.

»Wuaaah!«, brüllte Pierino und sprang auf ein vorbeilaufendes Schwein. Meistens entkommen sie uns und grunzen laut. Es ist besser, sich an ihrem Schwanz festzuhalten oder an ihren Ohren. Es ist so toll, auf ihnen durch den Wald zu galoppieren, das Gras zu streifen und sich an ihren Ohren festzuklammern! Der einzige Nachteil ist, dass Baby und ich hinterher stinken.

Eines Tages tauchte Zeffirino mit kahlem Kopf auf.

»Ich hatte Läuse«, sagte er und stürzte sich auf ein Schwein. Brüllend folgten wir ihm. Jeder auf einem Schwein, mit zusammengepressten Knien schlugen wir auf sie ein, damit sie noch schneller rannten.

21

Wir wiederholten die Zehn Gebote und ich fragte mich, was »ehebrechen« bedeuten sollte. Pasquetta sagte, dass es heißt, »Nicht schlecht über Gott sprechen«. Außerdem wusste ich auch nicht, was dieses »nicht begehren deines Nächsten Frau« heißen sollte. Mir ist noch nie eingefallen, die Frau des Nächsten zu begehren. Allerdings habe ich mir oft ein Fahrrad gewünscht. Aber dann dachte ich, wenn dieser Wunsch in Erfüllung ginge, hätte ich ihn ja verschwendet, weil ich mir ja im Grunde die Frau des Nächsten hätte wünschen können.

Pasquetta ist gefirmt worden. Der Bischof hat ihr den »Nagel« und ein Seidenband auf den Kopf getan. Deshalb fühlt sie sich als was Besseres und tut ganz überheblich, weil wir nicht gefirmt sind.

»Es ist alles bereit für die Messe.«

Wir halten einen Gottesdienst für Onkel Wilhelm.

Im Wald haben wir eine Kirche gebaut, wo ich und Baby die Sonntagsmesse besuchen konnten. Wir knieten uns alle vor den Altar. Aus einer Blechbüchse holten wir Schokoladenstückchen, auf die wir verzichtet hatten, um unseren Onkel zu retten, und legten sie auf den Altar. Zeffirino brachte etwas Hühnchen.

Um noch etwas mehr zu leiden, taten wir spitze Steinchen unter unsere Knie, solange wir den Rosenkranz beteten. Pasquetta holte eine Marienstatue mit hellblauem Kleid und rotem Umhang hervor und sagte, dass sie an der Statue geleckt hatte und dass sie nach Zucker schmeckt ... Wir leckten alle an der Statue, die wirklich nach Zucker schmeckte. Unter die Statue legten wir eine Fotografie von Onkel Wilhelm und eine vom Duce.

Lea sagte, dass die heilige Teresa sich jeden Tag vor dem Kruzifix gegeißelt hat, dass der heilige Franz auf der Erde geschlafen hat, selbst wenn er krank war, und als die Brüder zu ihm sagten: »Heiliger Franz, wir wollen, dass es dir gut geht und deshalb musst du im Bett schlafen«, hat der heilige Franz geantwortet, dass er nicht im Bett, sondern auf der Erde schlafen wollte, und verschied. Wir beschlossen, dass auch wir unser Fleisch geißeln und auf der Erde schlafen mussten. Also suchte Pierino einen Stock und kam mit einer Gerte zurück.

»Geißel mich«, sagte ich.

Baby sagte: »Geißel mich auch!«, und sie stellte sich in Position mit dem Popo nach oben. Sie hielt sich die Ohren zu, damit sie den Schmerz nicht spürte. Pierino geißelte uns alle, wir lagen auf dem Bauch, die Kleider über den Kopf gezogen. Er geißelte uns mit großer Ernsthaftigkeit. Ich erhielt fünf Schläge.

»Fünf, so viele wie die Wunden unseres Herrn Jesus Christus.«

»Bereust du?«

»Ja«, sagte Pasquetta.

Pierino geißelte Pasquetta so sehr, dass sie sich auf ihn stürzte und ihn biss.

Dann gab Pierino die Gerte an Zeffirino weiter.

»Bereust du?«, rief Zeffirino und hob die Gerte.

»Ja«, sagte Baby.

»Und eins«, rief Zeffirino und ließ die Gerte niedersausen.

»Bereust du?«

»Ja.«

»Und zwei!«

Bei dem Hieb rief Baby: »Heilige Jungfrau Maria!«

»Bereust du?«, sagte Zeffirino zu Baby.

»Ja.«

»Und drei! Und vier!«

»Aua! Aua!« Baby drehte sich um und betrachtete ihre roten Schenkel.

»Bereust du?«, rief Zeffirino und hob die Gerte.

»Ja«, sagte Baby und legte sich wieder richtig hin. »Aua! Aua! Heilige Jungfrau!«

Da nahm Pierino die Gerte wieder und schlug rechts und links um sich, als wollte er uns alle umbringen.

22

Nello ließ Rosa an der Wegkreuzung warten und kam nicht. An diesem Abend weinte sie, weil es Sonntag war und sie sich ganz fein gemacht hatte, mit dem engen Kleid und den Locken, die ich ihr gedreht hatte, und der Rose auf der Brust, die ich ihr angesteckt hatte. Alles nur für Nello. Aber Nello spielte an diesem Abend mit Pippone und den anderen in der Osteria im Dorf Karten und hatte »Mussolini, das Schwein« gesagt. Ich weiß wirklich nicht, warum Nello auf unseren Duce böse ist.

Ferruccio ist zur Partei gegangen und hat berichtet, dass Nello »der Duce, das Schwein« gesagt hat. Aber Rosa behauptete schnell, dass Nello »Es lebe der Duce« gesagt hat, aber ich glaube das nicht, weil ich mit eigenen Ohren gehört habe, wie er schlecht von Mussolini geredet hat, und das hat mich enttäuscht. Wenn Mussolini das gehört hätte, wäre er ganz schön traurig.

Ferruccio kam am nächsten Tag in einem schwarzen Wagen in die Villa und viele schwarz angezogene Männer stiegen aus und holten Nello, der in der Tenne war, und brachten ihn in den Wald.

Ich mag Mussolini nicht mehr, weil man seinem Nächsten doch vergeben soll, stattdessen hat er Nello holen lassen und sie haben ihn in den Wald gebracht. Lea sagt, dass sie sich um ihn gestellt haben, um ihn zu verprügeln. Lea sagt, dass man seine Schreie bis zu ihrem Haus gehört hat, aber dass ihr Babbo Angst hatte hinauszugehen. Rosa ist trotzdem in den Wald gelaufen und hat geschrien: »Aufhören, aufhören«, aber sie haben sie gepackt, sie festgehalten und ihr den Mund zugestopft, weil sie zusehen sollte, wie sie Nello schlugen. Vielleicht weiß der Duce nichts von Ferruccio, der Nello verprügelt hat. Und deshalb habe ich ihm einen Brief geschrieben:

Lieber Duce, ich muss dir von meinem Freund Nello erzählen, der von Ferruccio verhauen wurde, weil er sagt, dass Nello »Duce, das Schwein« gesagt hat, obwohl das nicht stimmt, weil Nello immer »Es lebe Mussolini« sagt. Ich habe es genau gehört und Ferruccio ist eifersüchtig auf Nello wegen Rosa, und ich bitte dich, etwas zu tun, weil ich dich ganz doll lieb habe und Gruppenführerin von den Piccole Italiane von der Schule »Adelaide Cairoli« bin.*

Penny und Baby

Onkel Wilhelm sagte, ich soll ihm den Brief geben, er würde ihn einwerfen. Der Duce ist aber so sehr mit dem Krieg beschäftigt, dass er uns nicht antworten konnte, auch weil der Feind immer näher kommt

23

An einem Morgen beschloss ich, den Sonnenaufgang zu beobachten. Baby schlief; also schlich ich mich auf Zehenspitzen hinaus und kletterte auf einen Baum. Es war ganz still und ich konnte das Donnern der Kanone genau hören, das mir näher vorkam als sonst.

Die Sonne ging langsam rechts von mir auf. Ich hörte die verschiedenen Insekten und beobachtete eine Prozession von Raupen, die am Stamm vom Baum hochkrabbelten, auf dem ich kauerte.

Meine Knie färbten sich rot von der aufgehenden Sonne. Ich habe noch nie einen Sonnenaufgang gesehen, weil wir Kleinen in der Villa immer erst um acht Uhr geweckt werden. Ich frage mich, ob die Sonne wirklich gelb ist oder ob sie nur für mich gelb aussieht. Vielleicht ist sie für meinen Onkel, der Jude ist, ja blau oder grün?

Ich spitze die Lippen wie Pierino und mache die Vögel nach. Ich verlagere mein Gewicht leicht vom rechten Ast auf den linken, um das Gleichgewicht zu halten, ohne das, denke ich, könnten die Vögel im

Himmel oder die Fische im Wasser nicht fliegen oder schwimmen. Wenn ich mich mit der rechten Hand an einem Ast festhalte und mit der linken am Stamm und mich auch mit den Füßen festkralle, kann ich sehr lange auf dem Ast bleiben.

Ich zählte die Blätter am Baum und als ich fast alle gezählt hatte, war es beinahe Mittag. Von meinem Platz aus konnte ich die Villa sehen und merkte, dass Baby nach mir rief.

Ich hörte das Quietschen von Bremsen. Ein fremder Wagen, mit Flecken bemalt, hielt an der Treppe. Ein deutscher Soldat stieg aus und öffnete einem Offizier den Schlag. Dann stand er stramm und schlug die Hacken zusammen.

Der Offizier ging die Treppe hoch und klingelte. Alì bellte. Elsa öffnete die Tür. Dann verschwand sie wieder und ließ den Offizier an der Schwelle stehen, die Tür nur angelehnt. Wenig später kam sie mit Marie zurück und sie redeten: Marie kann Deutsch. Der Offizier trat in die Eingangshalle und Marie schloss hinter sich die Haustür.

Neugierig kletterte ich vom Baum und lief zur Villa.

»Penny, was machst du?«

»Ich will in den Salon schauen.«

Wir klammerten uns an die schmiedeeisernen Gitter, die vor allen Fenstern im Erdgeschoss der Villa angebracht waren. Ich zog mich hoch und sah, dass der deutsche Offizier ganz allein im Spiegelsaal war. Erschöpft ließ ich mich zu Boden fallen und erzählte es Baby. Plötzlich erklangen Töne vom Klavier. Sie wurden immer lauter und hallten durch die Villa.

»Das ist die Sonate von Beethoven! Die Onkel Wilhelm immer spielt!«

Ich zog mich wieder am Gitter hoch und sah, dass der deutsche Offizier am Flügel saß und spielte. Er spielte lange, fast anderthalb Stunden. Er musste den Befehl gegeben haben, ihn abzuholen, denn der Wagen kam zurück und hielt an der Treppe.

Marie sagte, dass der Offizier extra in die Villa gekommen war und um Erlaubnis gebeten hatte, auf dem Klavier spielen zu dürfen, denn er hatte aus der Ferne Klaviermusik gehört. Mein Onkel ließ ihm durch den Diener bestellen, dass er durfte, aber er verbot Marie und uns, mit dem Gast zu reden.

Am nächsten Tag kam er zur gleichen Uhrzeit wieder. Er wurde in den Spiegelsaal gebracht und allein gelassen. Die Musik begann nicht sofort. Der Offizier wartete auf etwas, bevor er mit seinem Konzert begann. Vielleicht auf Marie? Nach etwa einer halben Stunde Stille fing er an. Nach anderthalb Stunden holte der Wagen ihn wieder ab. Bevor er ging, blickte der Offizier auf und entdeckte, dass wir und Marie ihn durch die halb geschlossenen Fensterläden beobachteten.

Der Offizier kam am nächsten Tag wieder, mit fünf Minuten Verspätung. Fünf Minuten, die mir wie eine Ewigkeit vorkamen. Als würde die Villa wieder in Stille versinken. Wegen dem Krieg kamen schon seit einiger Zeit keine Gäste mehr. Edith und ihr Mann waren nach Zürich zurückgekehrt, und Maya, die Cousine von meinem Onkel, war nach Amerika zu ihrem Bruder gereist, der ein großer Wissenschaftler in Princeton war. Weil ich und Baby uns nicht mehr hinter dem Rücken von Signor Pit einen Spaß erlauben oder die Bilder von Edith ansehen konnten, suchten wir Trost bei unserer neuen Liebe.

Und weil wir Leonardo nicht mehr lieb haben konnten, fingen wir eben an, Leutnant Friedrich lieb zu haben.

Ich merke, dass ich auf ihn genauso warte wie auf Leonardo. Wie seltsam ist doch die Liebe. Ich hätte nie gedacht, dass ich mich in Leutnant Friedrich genauso verliebe wie in Leonardo. Aber was mich am meisten verwundert, ist, dass auch Marie, Annie und Baby in ihn verliebt sind.

Es ist zwecklos, alle Frauen sind frivol und leichtlebig, wie der Pfarrer immer sagt, und begehen die Sünde des Ehebruchs.

Dieses Mal brachte der Offizier einen Strauß Rosen mit. Er fragte den Diener, ob es möglich wäre, »*das schöne Fräulein*« zu sehen, die ihm die Tür geöffnet hatte.

Marie erschien ganz verschüchtert auf der Schwelle des Salons. Sie knickste und rannte weg, nachdem sie sich für die Blumen bedankt hatte.

Mein Onkel hatte ihr nicht erlaubt, im Saal zu bleiben. Er schloss sich immer öfter in seinem Arbeitszimmer mit seinen Büchern ein und sah immer verdrossener aus.

Der Offizier kam noch öfter wieder. Wir spionierten ihm aus dem Gebüsch nach, aber wir wagten es nicht, mit ihm zu reden, weil Onkel Wilhelm es nicht wollte.

24

Als ich zum Fluss ging, entdeckte ich viele Soldaten, die dort badeten.

Sie hatten blaue Augen und blonde Haare. Sie sind so anders als wir. Wir Italiener sind alle dunkel. Es ist sehr lustig, diese neuen Nachbarn zu haben. Es gab ein großes Hin und Her aus Wagen und Soldaten.

Zu Babys und meiner großen Freude kamen die Soldaten sogar zur Villa. Der General kam auch.

Durch seinen Adjutanten Hainz schickte der General eine Nachricht an Onkel Wilhelm und sagt darin, dass er sich vielmals für die Störung entschuldige, dass unser Onkel sein Eindringen verzeihen möge, aber leider »la guerre c'est la guerre«, und er bräuchte Zimmer.

Onkel Wilhelm schloss sich im Arbeitszimmer ein, mit einem noch düsteren Gesicht als je zuvor, nachdem er dem General erlaubt hatte, die Gästezimmer zu belegen, während die Soldaten den Kornspeicher und die Ölmühle besetzten.

Die Soldaten rannten die Treppe rauf und runter und ihre Stiefel machten fürchterlichen Lärm. Die

Flure dröhnten von den Rufen. Es waren Soldaten, die strammstanden.

Um genau fünf Uhr spielte Leutnant Friedrich wie gewöhnlich auf dem Klavier. Und auf der Schwelle des Spiegelsaals erschien, ich traute meinen Augen kaum, ... der General höchstpersönlich.

»Der General hat sich in den Sessel gesetzt und hört zu ...«, sagte ich und rutschte vom Gitter herunter.

Sofort kletterte Pierino hoch.

»Der General hört der Musik zu ... er raucht eine Zigarette ...«

»Was macht er jetzt?«

»Er steht auf und geht umher ... jetzt geht er weg.«

Onkel Wilhelm hat unsere neuen Gäste, im Gegensatz zu den anderen, bisher vollkommen ignoriert. Nie betritt der Diener den Spiegelsaal und bringt dem General oder Leutnant Friedrich einen Kaffee, und unser Onkel lädt sie auch nicht zum Abendessen ein. Stattdessen schicken sie ihm Nachrichten, meistens bedanken sie sich, dass sie den Flügel benutzen dürfen.

»Wenn Onkel Wilhelm sich nicht darum kümmert, nett zum Herrn General zu sein, dann kümmern wir uns darum.«

»Und wie?«

»Lass mich mal nachdenken.«

»Du weißt aber schon, dass Onkel Wilhelm das nicht will und uns verboten hat, in die Zimmer der

Offiziere zu gehen und irgendeine Kanone oder ein Maschinengewehr anzufassen, ohne seine Erlaubnis.«

»Wisst ihr was? Wenn unser Onkel hässlich zu den Gästen ist, dann machen wir eben die Honneurs.«

»Penny ist so eine Angeberin.«

»Aber Penny hat doch recht.«

»Wir laden den General zum Mittagessen ein.«

Die Soldaten waren vor der Villa und holten ihre Blechnäpfe heraus, denn es war fast eins. Wir waren am Ende der Auffahrt zwischen den Lorbeerbäumen und hatten gerade ein großartiges Mittagessen für den General vorbereitet. Es gab eine Suppe, die Pierino gemacht hatte, und sogar Nachtisch. Immer mehr Soldaten kamen zum Haus, mit Kanonen und Maschinengewehren. Wir spielten mit unseren Puppen Kochen. Pasquetta hatte ein Feuer gemacht und kochte eine Suppe aus etwas Wasser, ein wenig Erde, ein paar Piniennadeln und zerrissenen Blättern. Da tauchte endlich der Wagen des Generals in einer Staubwolke auf.

»Der General!«, sagte Pierino.

Der General stieg aus dem Wagen. Er war groß, dick, mit silbernen Kragenspiegeln und Verzierungen an der Mütze. Es war heiß, er musste müde sein. Er schritt die Auffahrt hoch, gab seinem Adjutanten Hainz, der strammstand, ein paar Papiere. Der General nahm die Mütze ab und trocknete sich die Stirn.

»Wir müssen was tun.«

Der General gab den Soldaten Befehle; er schien besorgt zu sein und gereizt. Auch Generäle verlieren mal die Geduld.

»Herr General«, sagte Baby und zog ihn an der Jacke. »Das Mittagessen ist fertig. Kommen Sie, wir haben Ihnen was zu essen gemacht.« Sie zeigte auf uns.

Der General drehte sich um. Wir nickten. Baby begann, ihn mit ihren schmutzigen Händen am Arm zu ziehen. Müde folgte er ihr und lächelte.

»Wir haben Ihnen Mittagessen gekocht«, sagte Pasquetta.

»Danke«, sagte der General. »Ihr seid sehr nett.«

Wir führten den General an eine Stelle im Wald, wo große Steine lagen, auf die man sich setzen konnte. Auf den anderen Steinen saßen die Puppe Fifi, der gelbe Teddy Tro-Tro, Pierino, Pasquetta und Zeffirino. Ich und Lea brachten dem General das Essen. Baby band ihm eine Serviette um den Hals.

»Hier, ein bisschen Suppe, Herr General«, sagte Lea mit rotem Gesicht und tränenden Augen, sie hatte nämlich zu viel ins Feuer gepustet, damit es nicht ausging.

Der General trank aus der angeschlagenen Tasse und sagte: »Gut.«

»Möchtest du noch mehr?«, fragte ich.

»Nein, danke, ich bin satt«, sagte der General.

»Jetzt gibt es Nachtisch und zwar aus gehackten Kastanien mit ein paar Pinienkernen und Wein.«

Der General trank aus dem Glas und aß von den Lorbeerblättern.

»Geht es Ihnen gut?«, fragte Baby, während sie ihm mit einem trockenen Palmenblatt Wind zufächelte.

»Ja, mir geht es sehr gut«, sagte der General.

Aber die Ankunft von Hainz machte alles kaputt, der strammstand und etwas auf Deutsch rief, den General mitnahm, der sich bei uns bedankte und mit Taschen voller kleiner Kiesel und Glitzersteinchen davonging.

25

Die Villa war umgeben von Munition und Maschinengewehren. Der General entschuldigte sich für die Störung und ließ seinem Adjutanten mitteilen, dass er ein weiteres Zimmer bräuchte. Hainz salutierte und überbrachte die Nachricht Onkel Wilhelm.

Wir saßen alle am Tisch. Der Diener und das Hausmädchen liefen mit Tabletts um die perfekt eingedeckte Tafel. Obwohl Krieg ist und der General mit der Zeit die ganze Villa besetzte, geht unser Leben doch unverändert weiter. Mein Onkel ärgert sich, wenn das Essen verkocht ist, wenn keine Blumen auf dem Tisch stehen, wenn die Gläser nicht aus Kristall sind, wenn der Fußboden nicht glänzt, wenn Rosa nicht die gestärkte weiße Schürze und das Häubchen trägt, wenn Cosimo, der Diener, die Knöpfe an seiner Livree verliert. Der riesige Kronleuchter über dem Tisch strahlt wie immer auf uns herab.

»Wäschst du dir immer den Hals?«, fragte ich am nächsten Morgen den Adjutanten des Generals.

»Ja, jeden Morgen«, sagte er.

»Ich nicht, ist er dreckig?«, fragte ich mit dem bisschen Deutsch, das Tante Katchen mir beigebracht hatte.

»Nein, er ist sauber.«

»Wie heißt du?«

»Hainz.«

»Ich Penny. Ich will die Kleider von Doll, meiner Puppe, waschen. Ich muss an den Brunnen. Brauchst du noch lange, um dir den Hals zu waschen?«

»Nein.«

»Du wäschst ihn dir schon seit einer halben Stunde.«

Hainz lachte und wusch die Kleider von Doll.

Es war Nacht. Ich hörte eine Stimme unter dem Fenster, die »Penny« rief. Es war ein Soldat. Ich schaute hinaus und entdeckte Hainz. Er hatte eine Okarina und spielte *Lili Marleen*. Ich hatte Hainz ein großes Stück Kuchen versprochen, wenn er mir hilft, die Kleider von Doll zu waschen. Ich zog mir die Pantoffeln an, um keinen Krach zu machen.

»Komm«, sagte ich zu Hainz.

»Sei leise.«

Ich hatte Angst, dass Onkel Wilhelm es merken würde. Aber Hainz war so nett und seine blauen Augen strahlten vor Freude. Aus dem Vorratsschrank holte ich ein Stück Kuchen und gab es ihm.

Er hatte sich hingesetzt und betrachtete mich. Ich goss ihm sogar Wein ein. Hainz trank die ganze Flasche leer. Danach stellte ich sie zurück. Ich wischte die Krümel von der Marmorplatte. Dann kletterte ich auf seinen Schoß und holte aus seinen Taschen alles, was ich darin fand. Er hatte Fotografien dabei: von seiner Mutter und seinem Vater.

»Willst du Marmelade?«

»*Jawohl.*«

Hainz aß das ganze Glas leer.

»Jetzt geh«, sagte ich.

Hainz drückte mich an sich und gab mir einen Kuss auf die Stirn. Als er mich drückte, taten mir die Knöpfe seiner Uniform weh und auch sein Bart, der nicht richtig rasiert war, sodass meine Wangen ganz rot wurden.

»Bis morgen«, sagte ich und schubste ihn aus der Tür.

»*Ja*«, sagte er mit einem Lächeln. Er hob mich hoch und drückt mich an sich. Dann ließ er mich wieder runter.

Als ich ins Bett schlüpfte, fragte Baby mich, wo ich gewesen war.

»Bei Hainz, ich hab ihm Süßes geschenkt.«

Von draußen, von der Tenne konnte ich die Töne von *Rosamunde* hören. Durch das Fenster drang das Zirpen der Grillen zusammen mit dem Klang der Okarina, auf der Hainz noch lange spielte, bis ich schließlich einschlief.

Ich habe Hainz so lieb wie Leutnant Friedrich und wie Leonardo, und wenn ich groß bin, will ich viele Ehemänner haben.

26

Gleich nach dem Aufwachen dachte ich, wie lustig es war, dass die ganze Villa voller neuer Gesichter und neuer Gäste war. Und ich dachte an Hainz und an den General, die die ganze Nacht gearbeitet hatten. Ich konnten hören, wie Hainz in seinen Stiefeln hin und her lief und strammstand.

Ich und Baby taten alles, um am Zimmer des Generals vorbeizumüssen. Nur um ihn zu sehen, gingen wir an einem Tag mit Staubwedeln zu ihm und sagten, dass wir putzen müssen. Ich wollte all die Papiere des Generals auf dem Schreibtisch abstauben und Baby die Kisten am Boden.

»Nicht anfassen!«, sagte der General und machte: »Bum!«

»Bum?«, sagte Baby.

»Bum, bum«, sagte der General.

»Bum!«, sagte Hainz und zeigte auf die Kisten.

»Bum«, wiederholte Baby und staubte die Jacke des Generals ab, die über dem Stuhl hing.

»Ich habe auch so eine Tochter«, sagte der General und zeigte auf Baby.

»Die habe ich gepflückt«, sagte Baby und zeigte auf die Margeriten auf dem Tisch vom Herrn General.

Aber Onkel Wilhelm verbot uns, in den rechten Flügel der Villa zu gehen und auch in den linken, wo die Soldaten waren.

Es war warm, die Zikaden machten so einen Krach, dass ich mir zum Spaß die Ohren zuhielt, um ein Gefühl von Stille zu haben.

Hainz betrat das Speisezimmer. Rosa servierte das Breakfast. Der General ließ meinem Onkel ausrichten, dass er gern eine Partie Schach spielen würde, aber niemanden dafür hatte. Mein Onkel ließ ausrichten, dass er »zu seinen Diensten« stand. Also salutierte Hainz wieder, schlug die Hacken zusammen und verbeugte sich.

»Warum müssen die nur immer solchen Krach mit ihren Stiefeln machen, wenn sie zwei Sätze sagen!«

Rosa lachte so laut, dass sie meinem Onkel keinen Kaffee mehr einschenken konnte, weshalb er sie ausschimpfte. Wir bekamen es alle mit der Angst, weil unser Onkel niemals lachte. Er war sehr ernst.

»Laufen wir lieber weg, bevor Onkel Wilhelm uns auch noch ausschimpft.«

Mein Onkel runzelte die Stirn, weil ich beim Aufstehen einen Teller hinunterwarf.

»Penny, schreibe in dein Strafheft einhundert Mal den Satz: ›Ich darf keine Teller zerschlagen.‹«

Für mich ist diese Strafe fürchterlich, weil ich einen ganzen Tag dafür brauche, um einhundertmal einen Satz wie diesen zu schreiben.

Hainz brachte das Schachspiel und ging dem General voran. Er klopfte an die Tür von Onkel Wilhelms Arbeitszimmer. Wir zwei waren ganz aufgeregt und spionierten, was passieren würde. Würde unser Onkel wirklich mit dem General Schach spielen? Wir beobachteten alles durch das Schlüsselloch. Nachdem Hainz zwei oder drei Mal strammgestanden hatte, verschwand er. Der General trat ein und mein Onkel bot ihm einen Stuhl an. Sie setzten sich gegenüber und unser Onkel zeigte auf das Schachbrett. So blieben sie etwa eine halbe Stunde, wobei sie hin und wieder die Figuren bewegten.

Nach einer ermüdenden Warterei hinter der Tür tauchte Hainz wieder auf, klopfte, trat ein und sagte etwas auf Deutsch. Der General erhob sich und folgte Hainz, nachdem er sich leicht vor Onkel Wilhelm verbeugt hatte. Sie spielten die Partie nicht zu Ende. Beim Herauskommen traf der General auf Tante Katchen und küsste ihr die Hand.

»Darf ich zu Ende spielen?«, fragte ich. »Mal sehen, was ich anstelle vom General machen würde.«

»Schauen wir mal«, sagte mein Onkel belustigt.

»Ich würde deinen Springer fressen.«

»Schön, dann würde ich deinen König fressen«, sagte mein Onkel.

27

Marie hat seit einiger Zeit das Fahrrad durch ein Pferd ersetzt. In Hosen wie ein Junge reitet sie immer über die Felder und kehrt ganz erhitzt zur Villa zurück. Dann übergibt sie Italo an den Verwalter, der ihn in den Stall bringt. Baby und ich dürfen auf der Auffahrt im Schritt auf Lola reiten. Oft setzen sie uns zusammen auf einen Sattel.

An einem Tag kam Marie zurück und erzählte, dass die Soldaten die Ochsen von Cencetti mitgenommen haben. Mein Onkel ließ dem General sagen, dass die Ochsen an Cencetti zurückgegeben werden müssen und dass es nicht richtig war, sie ihm wegzunehmen.

Der General gab Befehl, die Ochsen zurückzubringen.

Mein Onkel ließ ausrichten, dass es nicht »richtig« war, dass man ihm den Füller weggenommen hatte, an dem ihm so viel lag. Mein Onkel ließ dem General außerdem ausrichten, dass es nicht »richtig« war, dass die Soldaten die Schränke öffneten und die Sachen nahmen, die ihnen nicht gehörten.

Der General gab Befehl, dass absolut nichts angerührt werden durfte, das nicht dem Heer gehört.

Weil Sonntag war, gab es wie immer eine Messe in der Hauskapelle Ich und Baby schlichen uns in die Sakristei, um den Pfarrer zu begrüßen, der uns fragte, ob wir für die Seele unseres Onkels gebetet haben. Ich antwortete mit Ja. Da sagte er, dass das nicht reicht, weil nicht nur die Seele unseres Onkels in Gefahr ist, sondern auch sein Körper. Er sagte nämlich, dass unser Onkel in Gefahr ist, weil die Deutschen beschlossen haben, alle Juden ins Gefängnis zu stecken.

So hat es der Pfarrer gesagt. Und weil Onkel Wilhelm nicht an Jesus glaubt, sagt der Pfarrer, dass die Deutschen ihn ins Gefängnis stecken wollen.

Der Pfarrer sagte, dass unser Onkel fliehen und sich verstecken muss, denn sonst brächten ihn die Deutschen weg, und es ist völliger Wahnsinn, hierzubleiben. Aber ich kann einfach nicht glauben, dass Hainz meinem Onkel etwas Böses will oder auch der General.

Aber der Pfarrer war so aufgeregt, dass er zwei oder drei Mal darum bat, mit meinem Onkel zu sprechen. Das ist seltsam, weil mein Onkel und der Pfarrer grüßen sich schon lange nicht mehr, nachdem mein Onkel sich geweigert hat, uns in die Messe zu schicken.

Onkel Wilhelm hat ihn dann empfangen und wir haben wieder durch das Schlüsselloch geschaut.

Der Pfarrer ging ganz traurig weg, weil mein Onkel nicht flüchten wollte. Er hat viel geredet, um meinen Onkel zu überzeugen. Er sagte: »Sie sind in Gefahr, Sie müssen fliehen, es ist Wahnsinn, hierzubleiben.« Aber mein Onkel schüttelte nur den Kopf und wiederholte die ganze Zeit: »Ich habe nichts Schlimmes getan, ich habe niemandem etwas getan, warum sollte ich da fliehen? Ich habe nichts zu befürchten. Warum sollte ich mich verstecken? Nicht wahr, Katchen?« Und er sah unsere Tante an, die nickte und sagte: »Ja, Liebster.« Und weinte.

Also ist der Pfarrer noch ein drittes Mal in die Villa gekommen, und als er ging, sagte er zu Pippone, dass unser Onkel verrückt ist, und zu uns sagte er, dass wir für ihn beten sollen.

Auch Pippone ist in die Villa gekommen, um Onkel Wilhelm seine Gastfreundschaft in seinem Haus im Wald anzubieten, aber mein Onkel hat darauf bestanden, dass er nichts zu verbergen hat und nichts zu befürchten. In diesem Moment traten zur großen Verwunderung von Pippone der General und Hainz mit dem Schachspiel ein, für eine Partie mit meinem Onkel.

Onkel Wilhelm hat recht. Er sagt immer die Wahrheit. Er ist die Wahrheit und die Gerechtigkeit in Person und kann sich nicht irren.

Ich mustere das Gesicht vom deutschen General, wenn er mit meinem Onkel Schach spielt. Ich will ihm tief in die Augen sehen. Aber seine Augen sind so hellblau und klar, dass ich darin nur Gutmütigkeit sehe.

»Bist du lieb?«, fragt Baby ihn und sieht ihm in die Augen.

Onkel Wilhelm hat uns zum Spielen in den Garten geschickt. Aber ich habe Angst. Nachts, wenn die Autos vor der Villa ankommen, springe ich aus dem Bett mit einem Herzen, das »bum, bum« macht, und der Angst, dass sie gekommen sind und meinen Onkel holen. Auf Zehenspitzen schleiche ich aus dem Zimmer und sehe die große Treppe hinunter, wo die Offiziere kommen und gehen und zur Begrüßung die Hacken zusammenschlagen und Befehle brüllen.

Ich habe Angst. Ich weiß nicht, warum. Ich weiß genau, dass Onkel Wilhelm recht hat und Tante Katchen auch und dass der General lieb ist. Aber ich habe Angst. Und wenn die Wahrheit von meinem Onkel nicht wahr ist? Welche ist denn wahr? Ich möchte, dass die Wahrheit irgendwie in großen Buchstaben am Himmel erscheint.

Während mein Onkel, meine Tante, Annie, Baby, Marie, Rosa, Cosimo und Elsa schlafen, arbeiten die Deutschen. Vielleicht hecken sie was gegen meinen Onkel aus? Ich habe Angst. Ich höre Stiefel.

Es war Hainz.

»Hainz!« Ich schlinge ihm die Arme um den Hals. »Hainz, hast du uns lieb?«

»Ja, ja, jawohl.«

»Uns alle? Auch Annie und Marie und auch meinen Onkel?«

Hainz brachte mich ins Bett und wünschte mir Gute Nacht.

»Hat der General meinen Onkel auch lieb?«

»Ja, ja. Gute Nacht.«

Hainz schloss ganz leise die Tür hinter sich. Aber ich hatte immer noch Angst.

Der Wind blies, die Gardinen bauschten sich und flatterten wie Gespenster.

28

In der Villa waren noch mehr Soldaten angekommen, und Kanonen und Maschinengewehre standen in der Tenne.

»Schießt ihr auch mal?«, fragte ich einen Soldaten.

Auf der Straße zogen nämlich Kanonen vorbei, die nach Norden gebracht wurden.

»Warum zeigt ihr es uns nicht mal?«, fragte Baby und fasste ein Maschinengewehr an.

Es ist langweilig, Kanonen dazuhaben und sie nicht schießen zu sehen. Wir hören nur das Donnern der feindlichen Kanonen, das zu einem Dauergeräusch geworden ist wie das Zirpen der Grillen.

Es war Zeit für das Mittagessen und Elsa rief uns. Marie kam in ihrem schönen Kleid zu Tisch, mit hohen Hacken und Lippenstift. Das war für alle neu.

Seit die Soldaten da sind, besteht Marie darauf, das Sonntagskleid und die hohen Hacken zu tragen und sich schrecklich aufzuspielen. Sie steckt sich die Haare hoch und ab und zu legt sie Lippenstift auf.

»Was machst du da, jetzt wackelst du auch noch mit den Hüften!«

Sie wackelte mit den Hüften wie Rosa.

»Sei still, blöde Kuh, so gehe ich immer«, entgegnete sie mir.

»Ach, Quatsch, ach, Quatsch!«, sagte Baby und wackelte auch mit den Hüften.

»Ihr seid wirklich unerträglich!«, sagte Marie zornig und bewarf uns mit allem, was sie fand. Die dumme Marie weiß gar nicht, dass sie mir richtig wehtut, wenn sie mir die Bürste an den Kopf wirft.

Annie fing auch an, mit den Hüften zu wackeln, und als wir ins Bett gingen, zog sie sich fast alle Kleider aus und spielte Schulammit. Ich und Baby mussten in die Hände klatschen und vom Rhythmus gepackt vollführte sie einen Schleiertanz vor dem Spiegel.

»Aber findet ihr nicht auch, dass ich schön bin?«, fragte Annie und drehte sich weiter.

»Aber findet ihr nicht auch, dass ich schön bin?«, wiederholte sie beleidigt.

Am nächsten Morgen gingen wir in den Wald, rissen den Zikaden die Köpfe ab und legten sie in eine Streichholzschachtel. In eine andere Schachtel taten wir die Körper und in eine dritte die Flügel. Später kehrten wir zum Haus zurück, ich ging in den Salon und sah, wie Marie und Leutnant Friedrich sich küssten!

Wenn das Onkel Wilhelm wüsste! Und wenn erst Leonardo das wüsste! Ich habe mich hinter dem Samtvorhang unter dem großen Bild versteckt, um alles besser beobachten zu können. Marie lehnte am Klavier und er kam immer näher und dann … dann hat er sie geküsst.

Ich bin weggelaufen. Jetzt bin ich traurig. Ich wollte doch Marie heiraten. Einmal habe ich ihr gesagt: »Marie, schimpf nicht mit mir, ich hab dich lieb, wenn ich ein Mann wäre, würde ich dich heiraten!«

Sie hat mich mit offenem Mund angestarrt. Es tut mir leid, dass ein Mann gekommen ist und sich ihre Seele geschnappt hat. Und ich? Ob Marie mit ihrem Leutnant im Herzen noch Platz für uns Kinder hat?

»Du würdest mich heiraten, wenn du ein Mann wärst?« Marie lachte.

Also machte ich Baby den gleichen Vorschlag, die begeistert Ja sagte und mir einen Marmeladenkuss aufdrückte. Was ist das nur mit den großen Mädchen, beim ersten Leutnant, der auftaucht, vergessen sie uns einfach.

29

Wir beobachteten den General und Onkel Wilhelm beim Schachspielen. Heute fragte der General unseren Onkel, ob er Jude ist. Onkel Wilhelm sagte Ja.

Ich habe Angst, weil ich nicht mehr weiß, was die Wahrheit ist. Und ich sehe meinen Onkel an. Aber er lächelt.

Beim Mittagessen lächelte Onkel Wilhelm Tante Katchen an, die ganz rote Augen hatte, und legte ihr eine Hand auf die Schulter.

»Liebste, sieh doch mal nach, ob das Essen fertig ist.«

Tante Katchen ging in die Küche und wenig später schlug Cosimo den Gong.

Aus dem Garten stürmten Annie und Baby zu Tisch und Marie ließ ihre rote Strickjacke auf dem Sessel liegen und kam ebenfalls.

Onkel Wilhelm schimpfte mit Cosimo, weil ihm ein goldener Knopf an der Jacke fehlt und weil die weißen Handschuhe nicht sauber sind. Er schimpfte mit Elsa, weil das Essen zu spät fertig und der Reis verkocht ist, und er schimpfte mit Rosa, weil der Fußboden nicht perfekt glänzt.

Aber weil mein Onkel lächelt, verfliegen all meine Ängste.

Auch beim Abendessen lächelte mein Onkel, während die Engländer die Villa bombardierten. Wir hatten alle Angst, auch Cosimo; das Tablett zitterte ihm nämlich in den Händen und er sagte, dass diese Flugzeuge »es auf uns abgesehen haben«. Aber mein Onkel sagte, dass Cosimo Unsinn redet und dass ihr Ziel Florenz ist. Dabei bebte die ganze Villa und die Kristalle des Kronleuchters klirrten.

Marie, Annie und Baby waren vor Angst ganz blass, und Tante Katchen sah meinen Onkel flehend an und bat ihn, dass er uns hinunter in den Keller oder in die Ölmühle gehen ließ. Aber Onkel Wilhelm wies sie darauf hin, dass unten alles voller Soldaten und Bauern war.

Mein Onkel lächelte, als wäre nichts, und machte Witze, was er sonst nur an Weihnachten oder an unseren Geburtstagen tut.

Hainz kam herein, schloss die Fenster und brüllte, dass Licht nach draußen fiel und dass die Engländer auf die Villa zielten. Die Deutschen rannten die Treppen rauf und runter und machten mit ihrem Geschrei das Chaos nur noch größer.

Ich hielt die Luft an, als ein Flugzeug genau über uns herunterging.

Man hörte ein Maschinengewehr und dann einen großen Krach wie beim Ende der Welt.

»Bring den Nachtisch«, sagte mein Onkel zu Cosimo, und Cosimo servierte uns allen den Nachtisch und die Flugzeuge verschwanden.

30

Baby kam zu mir ins Bett. Zuerst hörte ich ihre nackten Füße auf den Steinfliesen, dann spürte ich ihr Gewicht auf mir und ihre Stimme war in meinem Ohr: »Wir haben nicht für Onkel Wilhelm gebetet!«

»Ich bringe gerade ein besonderes Opfer für ihn.«

»Was denn?«

»Ich liege mit ausgebreiteten Armen da wie Jesus am Kreuz und leide.«

»Und wie lange bleibst du so?«

»Ich muss bis tausend zählen.«

»Aber du kannst doch gar nicht zählen.«

»Kann ich wohl.«

»Ja, aber du musst dich auf die Erde legen wie der heilige Barnabas.«

Ich träumte von Jesus. Er wurde von Soldaten ausgepeitscht. Aber als Jesus mich sah, lächelte er wie in meinem Buch, wo er die Kinder anlächelt.

»Weißt du«, sagte ich zu ihm, »ich geh jetzt zu Pilatus und sag ihm, dass er dich nicht kreuzigen soll.«

Jesus lächelte und sagte, dass es zu spät war.

Also ging ich zu Pilatus und sagte: »Siehst du nicht, dass sie gerade Jesus, unseren Herrn, umbringen?« Aber er wusch sich einfach weiter die Hände. Jetzt sage ich Pilatus aber, dass er ein hässlicher Frosch ist.

»Nein«, sagte Jesus, »das darfst du nicht sagen.« Aber ich ging zu Pilatus, der ganz grün angezogen war und sagte es ihm und streckte ihm die Zunge raus, aber er wusch sich immer weiter die Hände. Ich fing an zu schreien, aber die Soldaten holten Jesus.

»Nein! Nein! Man darf unseren Herrn Jesus nicht umbringen!«

Aber sie brachten ihn weg und ich klammerte mich an ihre Gewänder.

Der liebe Gott sah von oben herab, ohne Jesus zu helfen.

»Sie bringen Jesus um, den Sohn Gottes!«

Die Engel flogen hoch und runter und sangen Hosianna, mit einer Lilie in der Hand. Jesus war allein im Olivenhain.

»Aber warum tut denn niemand was?«

Die Engel kamen herunter, in Gestalt von drei Herren. Vielleicht machen sie etwas. Der Teufel trat auf Zehenspitzen vor. Die Soldaten rannten hierhin und dorthin und machten Krach mit ihren Stiefeln. Jesus Christus war allein im Olivenhain und weinte.

»Aber seht ihr nicht, dass Christus weint?«, und ich rannte schnell zu ihm.

»Wo ist die Straße zum Olivenhain?«

Ich ging zu Jesus und sagte: »Ich will für dich sterben.«

»Danke«, sagte Jesus, »aber lass mich allein, ich will mit Satan reden.«

Ich ging Satan holen und sagte: »Jesus will mit dir reden.«

Und er vertrieb die Fliegen mit seinem Schwanz. Der Himmel war ganz schwarz und nicht ein Stern war zu sehen, alles war ruhig, als wäre nichts, und die Leute standen ganz still auf der Straße.

»Seht ihr nicht, dass der Sohn Gottes stirbt?«

Und ich suchte nach Hilfe.

Da traf ich Baby: »Sie bringen Jesus um. Wo ist der Olivenhain? Wo sind die Apostel?«

Baby sagte: »Ich weiß es nicht.«

»Entschuldigen Sie«, sagte ich zu einem Mann, der vorbeiging. Es war der Hausmeister der Schule. »Sie kreuzigen gerade Jesus.«

»Ja«, sagte er, »das gehe ich mir ansehen. Alle gehen dahin!«

»Aber das kann nicht sein! Er darf nicht sterben!«

Also ging ich zu Jesus und sagte: »Komm mit mir und Baby, wir kennen ein Versteck im Wald.«

Aber Jesus sagte, dass ich ihm den schönen Sonntagsanzug holen sollte. Also ging ich in die Villa und suchte im Schrank zwischen der Kleidung von meinem Onkel und fand endlich den weißen Anzug von Onkel Wilhelm und den Hut mit der breiten Krempe, aber ich sah Jesus zwischen den Soldaten gehen und da war auch Pilatus in seinem grünen Gewand.

»Lassen Sie mich durch«, sagte ich, »ich muss Jesus den Anzug geben.«

»Nein«, sagte er, »du erzählst immer nur Lügen.«

Da fing Pasquetta an, *Salve Regina** zu singen, und alle anderen sangen mit, auch Pilatus, und ich blickte hoch zum Kreuz und sah Jesus, der das Gesicht von meinem Onkel hatte.

31

Aber ich konnte nicht schlafen. Ich wollte Baby und Annie wecken, doch sie schliefen einfach weiter. Ich bin zu Marie gelaufen und habe sie geweckt. Ich habe ihr erzählt, dass ich einen Albtraum hatte und dass ich von Onkel Wilhelm geträumt hatte, dass ich Angst hatte. Da hat sie mich getröstet, so wie es die großen Mädchen machen, die Mama sein wollen.

»Wir müssen etwas tun«, sagte ich zu Marie, aber sie sagte, dass es nur ein Traum war, dass er vorbei war, dann hat sie ihre Nachttischlampe angemacht und mir erklärt, dass ich das alles falsch verstanden habe, und mich wieder ins Bett geschickt.

Aber ich habe Angst. Kann es sein, dass ich die Einzige bin, die Angst hat? Alle schlafen. Merken sie etwa nicht, dass die Gefahr wie ein großes Monster über der Villa schwebt?

Ich spürte diese Gefahr, aber sie hatte kein Gesicht. Ich spürte diesen »Feind«, aber er hatte keine Stimme. Er versteckte sich irgendwo in der Villa und im Bett. Ich spürte seinen Atem, aber ich sah ihn nicht. Ich stellte mich auf Zehenspitzen und schaute durch die durchsichtigen Gardinen hinaus.

Es war warm. Der Mond war so rund, dass er mich erschreckte. Er sah das »Monster« von dort oben, wie es das Dach des Hauses überragte. Ich hatte nicht den Mut, mich aus dem Fenster zu lehnen, um nur ja kein Stück vom Monsterschwanz zu sehen.

Ich habe Angst. Meine Hände haben Angst und mein Herz und alle meine Haare haben Angst.

Warum antwortet mir niemand? Warum hört niemand auf mich?

Auf Zehenspitzen und mit dem Herz, das mir bis zum Hals schlug, ging ich in das Zimmer von meinem Onkel.

»Was ist?«, fragte er.

Und Tante Katchen: »Ist dir nicht gut, Penny?«

»Ich habe Angst!«

Ich schluchzte und wiederholte, dass ich Angst habe.

»Vor was hast du Angst?«, fragte mein Onkel.

Einen Augenblick wusste ich nicht, was ich sagen sollte. Ich wiederholte: »Ich habe Angst«, und fing an zu stottern.

Weil Tante Katchen dachte, dass ich Bauchschmerzen habe, setzte sie mich in den Sessel und ging nach unten, um mir einen Kamillentee zu machen.

Onkel Wilhelm zog den blauen Morgenmantel an und fragte mich, ob ich Bauchschmerzen habe.

Da sagte ich ihm, dass ich Angst habe, weil er nicht an Gott glaubt und auch nicht an das Jesuskind und dass sein Leben und seine Seele in Gefahr sind. Aber mein Onkel schien es nicht zu verstehen, und weil ich weiter so verzweifelt war, nahm er mich auf den Schoß, und ich habe ihm gesagt, dass die Deutschen ihn fortbringen und in ein Lager stecken würden zusammen mit allen, die keine Christen waren, und dass mir das der Pfarrer gesagt hatte.

Mein Onkel sprach ganz ernst mit mir und erklärte, dass er an so etwas wie die Würde des Menschen glaubt, aber ich verstand das nicht und wiederholte: »Warum glaubst du nicht an Jesus?«

Als mein Onkel mich so schrecklich weinen sah, stand er auf und sagte, ja, ab jetzt würde er an das Jesuskind glauben.

»Und auch an die Auferstehung der Toten?«, fragte ich.

»Ja, auch an die Auferstehung der Toten.«

»Und an die schöne Madonna?«

»Ja.«

»Aber glaubst du es wirklich?«, beharrte ich.

In diesem Moment kam Baby herein, die mich suchte und mich im Bett nicht gefunden hatte.

Ich sagte: »Wirst du an den Heiligen Geist glauben?«

»An den Heiligen Geist«, wiederholte mein Onkel.

»Und an die heilige katholische Kirche?«

»Und an die heilige katholische Kirche.«

»Und an die Gemeinschaft der Heiligen?«

»Ja, ja, auch an die Gemeinschaft der Heiligen«, sagte mein Onkel.

»Und an das ewige Leben?«, fügte Baby hinzu.

»Ja, Baby, ich werde an das ewige Leben glauben. Und genau deshalb brauchen wir vor nichts Angst haben, oder? Morgen reden wir ausführlich darüber und du erzählst mir von Jesus. Jetzt geht.«

Baby war auf Onkel Wilhelm geklettert wie auf einen Baum.

32

Heute war die Villa plötzlich leer. Der General ist mit allen Soldaten, Hainz, Leutnant Friedrich und den Kanonen nach Norden gezogen.

Vor dem Aufbruch hat der General Tante Katchen die Hand geküsst und sie gefragt, ob er für sie Briefe nach Norden bringen sollte, weil die Post ja nicht mehr funktioniert.

Ich habe Hainz das Weißbrot, das er so gern mag, in die Taschen gestopft.

Als auch der getarnte Wagen vom General abgefahren war, waren meine Augen feucht und mir kam es vor, als ob eine große Leere in der Villa zurückgeblieben war.

Heute hat Onkel Wilhelm mit uns Kleinen gespielt, weil es Babys Geburtstag ist. Heute dürfen wir alles, weil es Babys Geburtstag ist. In ein paar Monaten ist mein Geburtstag und dann werde ich mir etwas wünschen, was mein Onkel mir erfüllen muss.

Baby hat sich gewünscht, dass unser Onkel mit uns spielt. Also gibt es heute in der Villa nur Kleine und die Großen sind nicht mehr da. Wir spielen Blinde

Kuh im Garten. Onkel Wilhelm lässt sich die Augen verbinden. Er hat den großen weißen Hut auf und sucht uns. Wir ziehen ihn an der Jacke und lachen. Wie lustig unser Onkel ist. Er sieht uns nicht und kriegt uns auch nicht. Jetzt hat er Baby geschnappt.

Wir spielen etwas anderes. Wir spielen Himmel und Hölle. Onkel Wilhelm ist übergetreten und hat verloren. Wir lachen. Auch Annie und Marie lachen. Heute müssen alle mit uns spielen.

Unser Onkel spielt mit uns »Ochs am Berg«. Dabei wird gezählt. Baby ist der Ochs. Sie muss langsam eins, zwei, drei zählen und sich dann schnell umdrehen. Während sie zählt und uns nicht sieht, müssen wir auf sie zugehen und sie antippen. Wer sie als Erstes antippt, wird der Ochs, aber wenn man sich noch bewegt, wenn sie sich umdreht, muss man zum Ausgangspunkt zurück.

»Eins, zwei, drei, Ochs am Berg!«

Baby dreht sich schnell um. Wir stehen alle still; wir haben einen Schritt vorwärts gemacht. Auch Onkel Wilhelm.

»Eins, zwei, drei, Ochs am Berg!«

Baby dreht sich um. Mit einem langen Schritt hat Onkel Wilhelm sie fast erreicht, aber oh weh, er schwankt, er bewegt sich noch.

»Du hast dich bewegt!«, ruft Baby. »Du musst zur Linie zurück!«

»Ich habe mich nicht bewegt«, sagt mein Onkel beleidigt.

»Doch, doch, doch, ich hab's genau gesehen.«

Onkel Wilhelm geht zum Ausgangspunkt zurück. Baby bekommt einen Lachanfall.

Dann haben wir Verstecken gespielt.

Es war so lustig, wie unser Onkel langsam herumging und uns suchte, uns aber nie fand, während wir ihn wegen seines weißen Huts sofort im Gebüsch entdeckten.

»Gefunden!«, brüllte ich ihm ins Ohr.

Ach, was für ein schöner Tag! Ich wünschte, alle Tage wären so.

Auch wenn es heißt, dass die echte Mama und der echte Papa unersetzlich sind, kann ich einfach nicht verstehen, wie ich meine Mama je lieber haben soll als Tante Katchen oder meinen Papa lieber als Onkel Wilhelm.

Tante Katchen hat für Baby eine Puppe aus ihren alten Kleidern gemacht und gesagt, dass sie die Flickenmama ist.

Wir gingen zum Bach, weil Baby dort ihre Flickenmama vergessen hatte. Baby weinte, weil sie sie verloren hatte. Ich hoffte, sie wiederzufinden, wenn ich tief Luft hole. Denn Tante Katchen duftete nämlich ganz besonders und dieser Duft war an der Puppe und ihren Kleidern hängen geblieben. Ich bot Baby meine Puppe an.

»Nein, die will ich nicht, weil das deine Mama ist.«

»Aber meine Mama ist doch auch deine Mama!«

»Das stimmt nicht«, sagte Baby und weinte.

Weil Tante Katchen aber kein altes Kleid mehr hatte, musste sie ihr eine neue Flickenmama aus dem hellblauen Nachthemd machen.

Baby lief mit ihrer neuen Flickenmama auf die Wiese, küsste sie und sagte ihr viele Dinge. Mit ihr auf dem Arm lief sie durch die Felder und hin und wieder pflückte sie ein Gänseblümchen und hielt es ihr hin. Der lange hellblaue Pferdeschwanz der Flickenmama flatterte im Abendwind.

Ich beobachtete Baby lange, wie sie über die Wiese lief.

Ich bin sehr enttäuscht, dass sie mich vergessen hat und all ihre Liebe und ihre Küsse einer anderen schenkt.

Traurig und mit einem Flunsch kletterte ich auf den Mispelbaum.

33

»Die Madonna hat alles aufgegessen!«, rief Pasquetta.

Keuchend kam sie zu uns gerannt. Sie lief barfuß, ohne sich wehzutun, und hinter ihr tauchten Pierino und Zeffirino auf.

»Ja, ja, die Madonna hat alles aufgegessen!«, sagten sie.

Vielleicht hatte die Madonna Hunger?

»Kommt mit und schaut es euch an!«

Die Madonna war herabgestiegen und hatte unsere Geschenke mit in den Himmel genommen. Wir betrachten die Madonnen-Statue, die nach Zucker schmeckte. Baby fragte, warum die Madonna den Fuß auf einer Schlange hatte.

»Sie tötet den Teufel«, sagte Lea.

Wie schön die Madonna in ihrem hellblauen Kleid war!

»Vielleicht ist euere Mama bei ihr im Himmel.«

»Wirklich?«, fragte Baby.

»Zusammen mit dem Heiligen Geist.«

Ich betrachtete das Andachtsbild von Jesus, der

ein großes Herz mit Dornen in Händen hielt. In diesem Herz muss der Schmerz der Welt stecken.

Ich betrachtete das Gesicht von Jesus. Wie schön er ist, mit den blonden Haaren und dem blonden Bart. Gott verstehe ich nicht so gut, aber Jesus schon, ihn liebe ich, und es tut mir leid, dass er schon auf die Welt herabgestiegen ist.

»Ist der liebe Gott auch bei meiner Mama?«

Auf dem Andachtsbild war noch ein weißes Lamm.

»Das Lämmchen ist Jesus«, sagte Pierino.

Dann gab es noch ein anderes Andachtsbildchen mit einem Mädchen, das die Erstkommunion bekam und hinter ihr war der Engel Gabriel, der ein bisschen wie Jesus aussah, aber ohne Bart.

»Hinter jedem von uns steht ein Engel Gabriel.«

Sofort spürte ich den Engel Gabriel hinter mir, und er sah so aus wie ich, aber mit Flügeln.

»Und die Taube auf seinem Kopf, was ist das?«, fragte Baby.

»Das ist der Heilige Geist.«

Der Heilige Geist war die dritte Person der Dreifaltigkeit, Baby war die vierte, ich die fünfte, Pierino die sechste, Lea die siebte und Zeffirino die achte Person der Dreifaltigkeit.

Ich erzählte Annie, dass die Madonna alles aufgegessen hatte. Sie glaubte mir nicht. Also beschloss ich, dass sie es sehen musste, wenn sie es nicht glaubte, aber sie durfte niemandem etwas davon erzählen. Ich fragte Pasquetta und die anderen, ob

Annie zu einer unserer Messen kommen durfte. Sie sagten ja, aber nur, wenn sie vorher beichtete.

Also kam Annie und beichtete. Sie hörte gar nicht mehr auf zu beichten. So viele Sünden hatte sie!

»Du hast vergessen, als du uns Salz in die Suppe gestreut hast«, sagte Baby.

»Stimmt.«

»Und dass du uns eine Eidechse ins Bett gelegt hast.«

»Ja, und auch, dass ich eure Schokolade gegessen habe«, sagte Annie reumütig.

»Ach, du warst das!«

Pierino ordnete zehn Peitschenhiebe auf den Popo an.

»Aufhören, aufhören!«, schrie Annie. »Ich bereue es!«

»Willst du auch für die Seele von Onkel Wilhelm beten?« Ich erklärte ihr, dass er in Gefahr war.

»Ja«, sagte Annie.

»Und für unseren Duce?«

»Ja, auch für den Duce.«

»Knie dich hin.«

Annie kniete sich hin und wir auch. Dann wurde gebetet. Wir hatten Steinchen unter den Knien, um noch mehr zu leiden.

34

Mir war, als raschelte es. Und plötzlich tauchte zwischen den Blättern ein weißer Hase auf. Aber er flüchtete sofort, als er uns sah.

»Das ist die Madonna«, sagte Lea.

Wir sahen ihm stumm nach.

Dann versteckten wir uns im Gebüsch, weil wir sehen wollten, wie der Heilige Geist vom Kreuz stieg. Er erschien uns in Gestalt eines Spatzen und nachdem er hier und dort die Kekskrümel aufgepickt hatte, flog er über den Kopf von Johannes dem Täufer in den Himmel hoch und setzte sich auf die Hände von Gott. Von dort flog er auf den Kopf von Jesus, der rechts vom allmächtigen Vater Gottes saß.

Eines Tages erschien der Teufel in Gestalt eines Hahns. Er verjagte den Spatzen und pickte alles auf, was da war. Dass er der Teufel war, erkannte man an seinem bösen Blick.

»Wir müssen den Teufel umbringen.«

Der Hahn war immer noch da und ich meinte, in seinen Augen das Böse zu sehen. Ich habe Angst, dass der Teufel von meiner Seele und meinem Körper Besitz ergreift.

Mit einem Schrei stürzte sich Pierino auf den Teufel, aber der entkam ihm. Pasquetta stürzte sich auf den Teufel, der nicht sterben wollte. Wir alle machten uns mit Stöcken und Steinen über ihn her. Lea schlug viele Male auf den Hals des Teufels, bis sie ihm den Kopf abhackte. Wir legten ihn unter das Kreuz und beteten.

Dann drehte Pierino sich zu uns und sagte, dass Satan noch nicht tot war, sondern in den Himmel aufgestiegen war und sich mit den Händen dort festhielt, und gleich würde er herunterfallen und ein Stück vom Himmel mitreißen.

»Wirklich?«, sagte Annie.

Wir sollten die Hände hochheben und den Himmel halten. Lea stimmte ein Lied an, wir standen mit erhobenen Armen und roten Gesichtern da, wegen der Anstrengung, den Himmel zu halten. Gleich fällt der Himmel, der Himmel fällt; wir hielten mit unseren erhobenen Armen den Himmel. Satan wird gleich in die Hölle stürzen und dann heißt er Luzifer. Und wir stehen mit erhobenen Armen da und der Himmel stürzt gleich ein. Wir sind rot wegen der Anstrengung. Wer wird uns helfen?

Satan droht zu fallen, jetzt stürzt er, der Engel Gabriel mit dem Feuerschwert sieht von oben herab und die Engel singen »Hosianna, Hosianna«.

35

Tosca, die Bauerntochter, die zum Reinemachen in der Villa kam, war krank geworden.

»Tosca geht es schlecht, sie hat Geister im Körper.«

»Was redest du da?«

»Doch, doch, sie isst nicht mehr, und will nur Kohle und Asche zum Essen!«

Pierino sagte, dass Tosca Geister im Körper hatte und dass sie »verhext« worden war.

»Das war eine Alte, und jedes Mal, wenn sie etwas essen will, kann sie nicht, weil die Alte da ist und es ihr verbietet und den Kopf schüttelt.«

»Und wo ist die Alte?«

»Die sieht nur Tosca und dann schreit sie.«

»Wenn die Alte weiter Nein sagt, stirbt Tosca noch.«

Wir gingen Tosca besuchen.

»Es geht ihr schlecht«, sagten sie und ließen uns nicht rein. Bei Sonnenuntergang kamen Frauen mit schwarzen Schleiern auf dem Kopf, um den Rosenkranz zu beten.

An einem Morgen warteten wir darauf, dass Evelina und Pietrone das Haus verließen, damit wir nach Tosca sehen konnten.

Während ich hinter dem Busch hockte, fühlte ich mich der Erde und den Ameisen ganz nah.

»Seht mal die Ameisen! Die da trägt ein Stück Korn!«

»Das ist kein Korn«, sagte Lea und zerdrückte die Ameisen, eine nach der anderen.

»Du tust ihnen weh«, sagte Baby.

»Ameisen leiden nicht«, sagte Lea und zerdrückte weiter eine nach der anderen.

»Wir sind so groß, dass sie uns gar nicht sehen.«

»Überleg mal, wenn ein Riese über uns stände und uns mit seinem Daumen zerdrücken würde.«

»Im Himmel gibt es keine Riesen, sondern nur Gott.«

»Überleg mal, wenn Gott uns mit seinen Daumen zerdrücken würde.«

»Dich würde er zerdrücken, mich nicht«, sagte Lea und zerdrückte weiter die Ameisen.

»Gott hat keine Daumen.«

»Gott nicht, aber die Riesen, die im Himmel sind, schon.«

»Im Himmel ist Gott, du Dummkopf.«

»Du stinkst!«, sagte Baby zu Lea und streckte ihr die Zunge raus.

»Stinke ich?«, fragte Lea mich und kam näher, damit ich an ihr schnuppern konnte.

»Nein, du stinkst nicht.«

»Du stinkst wohl«, sagte Baby.

»Ich stinke überhaupt nicht. Hör mal, Penny. Stinke ich etwa?«

»Nein, du stinkst nicht.«

»Doch, du stinkst immer nach Stall«, sagte Baby.

»Das ist ein Duft, Baby, und kein Gestank. Lea hat recht.«

Wir beschnupperten uns gegenseitig. Mein Kleid ist weiß mit großen dunkelroten Punkten. Babys Kleid ist rosa mit hellblauen Blümchen, es ist durchsichtig und man kann ihr besticktes Unterkleid sehen. Meine Schleife im Haar ist weiß, die von Baby ist rosa.

Ich fragte mich, warum die Alte Tosca krankmachen will. Die schöne Tosca mit den roten Wangen, die immer singt, liegt jetzt seit vierzehn Tagen im Bett und daneben sitzt die Alte und sagt Nein.

»Tosca! Tosca!«, flüsterte ich ihr ins Ohr, nachdem wir ins Haus geschlüpft waren.

»Tosca! Tosca! Tosca!«, sagte Baby und stellte sich neben dem großen weißen Bett auf Zehenspitzen.

»Tosca, hörst du uns?«

»Hier«, sagte Pierino und legte ihr eine Handvoll Brombeeren auf den Mund. Aber Tosca hörte nicht und starrte an die Decke mit den Holzbalken. Pierinos Brombeeren kullerten auf das Kissen und hinterließen dunkle Flecken.

»Bringt mir die Kohle«, sagte Tosca. Es war, als würde sie mit jemandem sprechen.

»Sie redet mit der Alten.«

»Tosca!«, rief Baby, die sich an das große Bett lehnte, immer noch auf Zehenspitzen.

Das Bett war groß, hoch und aus Eisen. An der weißen Wand hing die Madonna, die in den Himmel fuhr, und unter ihrem Mantel waren kleine Menschen, die hoch in den Himmel schauten. Irgendwann begann Tosca zu schreien, als hätte sie Krämpfe, sie biss ins Laken, als würde sie mit jemandem kämpfen.

Erschreckt rannten wir die enge Treppe hinunter und raus auf die Felder.

Der Hexer hat zu Toscas Schwester Ginetta gesagt, dass sie einen Hahn töten und ihm das Herz herausnehmen muss, und dann muss sie einen Frosch nehmen und ihn darauf pinkeln lassen. Beppe ist ein Alter, der mit Tosca Liebe machen will, aber Tosca hat Nein gesagt, weil sie mit Brunetto Liebe macht. Deshalb hat Beppe sie verhexen lassen.

Dann muss man zwanzig Nadeln in das Herz vom Hahn stechen und danach wird Tosca gesund. Ginetta, die genauso schön wie Tosca war, musste all diese Dinge bei Vollmond zum Hexer bringen und sie bat uns, also Zeffirino und Pierino, ihr einen Frosch zu fangen. Ginetta weinte und zog einen Rosenkranz mit weißen Perlen für das Pater Noster und mit schwarzen Perlen für das Ora Patris hervor und gab ihn Zeffirino zum Tausch für diesen Gefallen.

Ich habe auch einen Rosenkranz. Ich sage immer zwei Salve Regina und zwei Pater Noster für alle meine Verwandten und Freunde, für Mama und Papa, die im Himmel sind, und für alle Menschen, die ich auf der Straße sehe und die ich nicht kenne. Aber nach der Hälfte schlafe ich ein. Ich bete auch immer für den Duce und das Vaterland und für die italienischen Soldaten, damit sie auch ja keine Schlacht verlieren und die Engländer niemals hierherkommen.

Meinen Rosenkranz habe ich aus Mispelkernen gemacht. Ich will Heilige werden.

Zeffirino kam mit einem Frosch zurück.

»Hast du die Alte getroffen?«

Zeffirino sagte, dass er im Wald die Alte getroffen hatte, die zwei winzig kleine Äuglein hatte.

»Da hab ich sie mit zwei so großen Augen angesehen … und dann mit zwei so kleinen Augen … aber sie stand einfach da und starrte mich an, und es war, als ob sie mit dem Kopf schütteln und Nein sagen würde …«

Ginetta wartete an der Weggabelung auf uns, sie saß dort unter einem Baum und hatte geglaubt, dass wir nicht kommen würden.

»Da sind wir …«, sagte Zeffirino und holte den Frosch hervor.

»Da ist dein Frosch.«

Ginetta nahm ihn und gab uns den Rosenkranz, dann lief sie allein den Hügel hinauf. Sie ging zum Hexer.

Am Tag danach, als wir alle bei Tisch saßen, trat Elsa ein und fragte Onkel Wilhelm, ob er mit Pippone sprechen könnte, der in der Küche war und weinte. Mein Onkel ließ ihn rufen.

»Signor Padrone«, sagte Pippone, als er verlegen ins Speisezimmer kam und sich die Mütze vom Kopf zog. Er rutschte über den glänzenden Boden.

»Signor Padrone, wenn Sie uns nur helfen könnten ...«, er drehte die Mütze in den Händen und beugte sich dann vor, um mit einem Taschentuch den Staub, der aus seinen Kleidern gefallen war, vom Boden zu wischen.

»Es ist, weil uns die Tosca stirbt, sie stirbt, wenn Sie, Signor Padrone, nicht gleich jetzt mit dem Wagen nach dem Pfarrer schicken lassen, bevor es zu spät ist ...«

Mein Onkel schickte Cosimo los, den Pfarrer mit dem Wagen abzuholen. Cosimo kam mit dem Pfarrer zurück, der wie für die Messe angezogen war, mit weißen Spitzen und Weihrauch und Weihwasser und dem Hut auf dem Kopf. Der Messdiener war auch dabei.

Cosimo erzählte uns später, dass Tosca ganz laut geschrien hat, als sie den Pfarrer sah, und ihn mit allem beworfen hat, was in ihrer Nähe stand.

»Sie muss wirklich besessen sein, wenn sie Sachen nach dem Pfarrer schmeißt!«, sagte Pasquetta.

Cosimo sagt, dass man sie zu viert festhalten musste, weil sie sich so wand und mit Kopf und Beinen gegen das Bett schlug. Der Pfarrer hat ihr das Kruzifix auf die Brust gelegt, wobei die anderen sie festhielten, und die Geister flogen schreiend und flüsternd aus ihrem Mund und verschwanden dann durchs Fenster. Wir saßen im Automobil am Fuß des Hügels und hörten zu.

Der Pfarrer hat sie gesegnet, und als alle Teufel aus ihrem Mund heraus waren, hörte Tosca auf zu schreien. Ich bin etwas besorgt, dass diese Teufel aus dem Mund von Tosca in den Mund von mir, Baby oder Pasquetta fliegen, aber was noch schlimmer ist, wenn sie in den Mund von Onkel Wilhelm gelangen.

Der Pfarrer kam den Hügel hinunter, auf den Wagen zu, und stolperte über die schwarze Soutane.

»Ich habe noch nie gebeichtet«, sagte Baby.

»Wer weiß, wie viele Sünden du auf dem Buckel hast«, sagte der Messdiener.

»Wer weiß, wie viele …«

»Ich habe auch noch nie gebeichtet«, sagte ich.

»Wer weiß, wie viele Sünden«, sagte der Messdiener. Er erzählte, dass seine Seele ganz weiß war, weil er an diesem Morgen gebeichtet hatte und all seine Sünden verschwunden waren. Wie gern möchte ich meine Seele so waschen, wie man sich

Hals und Ohren am Morgen wäscht, und mich ganz weiß fühlen mit Jesus in mir drin!

Der Chauffeur wartete still im Wagen. Er redet fast nie mit uns. Das macht mich und Baby immer ganz befangen. Der Pfarrer segnete Ginetta, die im Haus verschwand, während er zu uns kam, mit dem Kruzifix in der einen Hand und dem Hut in der anderen, weil er ihm weggeflogen war.

Der Pfarrer sagte nichts. Er stieg in den Wagen und fing an, in seinem Brevier zu lesen.

36

Das Donnern der Kanone war so eintönig geworden, dass nicht mal mehr die Vögel erschreckt aus den Bäumen wegflogen.

»Spielen wir Adam und Eva?«

»Wer ist der Teufel?«

»Ich nicht.«

Aber Pierino sagte, dass wir abzählen müssen, es war ein besonderer Reim, der ging mehr oder weniger so: »Eins, zwei, drei, vier, für den König sind wir hier, bugibogibinzabò …« und so weiter. Es traf Pasquetta.

»Nein, den Teufel spiel ich nicht.«

»Doch, du spielst ihn.«

»Das Abzählen gilt nicht.«

»Pierino macht immer nur das, was er will mit seinem Abzählen, und er ändert es jedes Mal und zeigt dann auf den, den er will. Herrgott, ich spiel den Teufel nicht.«

»Das stimmt nicht, Abzählen geht nun mal so.« Er zählte noch mal ab und zeigte wieder auf Pasquetta.

»Nein, ich spiel nicht den Teufel.«

»Mit so einem Gesicht wirst du niemals Heilige!«

Pasquetta wollte sich schon auf Lea stürzen, aber da erinnerte sie sich, dass sie bei der Kommunion gewesen war und Jesus in sich hatte.

»Spielen wir jetzt oder nicht?«

»Wir haben keinen Apfel.«

»Baby geht einen holen.«

Baby versteckte den Kopf in ihrem hochgezogenen Blümchenkleid und blieb so, weil sie dachte, dass niemand sie so sehen würde. Aber sie schaute uns durch den Stoff an.

»Mach schon, Baby, wir spielen Adam und Eva. Du musst singen, und ich bin der Engel Gabriel.«

»Nein«, sagte Baby mit dem Kleid über dem Kopf.

»Lasst doch diese dumme Gans!«

»Baby vertrödelt all unsere Zeit. So wird sie nie Heilige.«

Baby zog das Kleid vom Gesicht und streckte die Zunge raus.

»Ich mag nicht mehr den Teufel spielen«, sagte Pasquetta, die auf dem Baum hockte, »wenn ihr nicht sofort kommt, geh ich nach Hause.« Und schon lief sie weg.

Also hielt Zeffirino mir den Apfel hin und sagte mit dem hohen Stimmchen vom Teufel: »Penny, willst du diesen Apfel?«

»Geh weg, böser Teufel, versuche mich nicht.«

Danach wandte sich der Teufel an Pierino und sagte: »Pierino, willst du diesen Apfel?«

»Geh weg, böser Teufel, und führe mich nicht in Versuchung.«

Und immer so weiter.

»Baby, Baby, iss diesen Apfel«, sagte Zeffirino mit dem hohen Stimmchen vom Teufel, und um sie zu verführen, aß er etwas vom Apfel.

»Geh weg, böser Teufel!«

»Aber er ist lecker!«, sagte Zeffirino, kaute mit offenem Mund und trat dicht zu ihr.

»Aber du isst ihn ja auf!«

Zeffirino blieb verärgert stehen.

»Bin ich der Teufel, ja oder nein? Ich spiele nicht mehr. Weil ich den Teufel spiele, werde ich nie Heiliger.«

»Fort!«, schrie der Engel mit der Peitsche. »Fort aus dem irdischen Paradies!«

Und wir ließen uns lange geißeln, weil man nur durch das Leiden die anderen von den Sünden erlösen kann.

37

Immer lauter hört man das Donnern der Kanone. Baby und ich gehen jeden Tag zum Baum und beobachten, wie in der Ferne auf der Hauptstraße die Kolonnen aus Soldaten nach Norden ziehen. Es sieht aus wie eine lange Reihe Ameisen.

Jeden Tag kommen neue Staffeln Deutsche hier vorbei und besetzen die Kornspeicher und die Zimmer in der Villa, aber am nächsten Tag brechen sie schon wieder auf. Wir hören die Schreie der Schweine und der Kälber, die sie rauben und auf der Tenne abschlachten. Als Annie das mitbekam, brach sie in Tränen aus, und da habe ich sie umarmt und getröstet.

Damit sie die Schreie von den Tieren nicht hört, haben wir sie weit weg zum Bach geschleppt.

»Annie, nicht weinen.«

»Ich habe Angst«, sagte Annie schluchzend. »Sie schreien fast wie Menschen.«

»Aber nein«, sagte Baby.

Einen Augenblick glaubte ich, dass das Blut der Kälber die Villa überschwemmen und untergehen lassen könnte.

»Annie, nicht weinen.«

Sie stopfte sich die Finger in die Ohren. Wie habe ich Annie nur hassen können? »Annie, ich hab dich lieb, weißt du?«

Dann ist Baby in den Bach gefallen, der am Haus von Pietro vorbeifließt, wo viele Ulmen und Bambusrohr wachsen.

Ich ging zu Marie und erzählte ihr, dass Baby ins Wasser gefallen war und sich wehgetan hatte. Also zog Elsa sie um und schimpfte, dass wir böse waren und sie uns ständig sauber machen musste und dass der Signor Padrone uns immer sauber und ordentlich haben wollte und wir uns absichtlich schmutzig machten. Baby war nämlich einmal in das Haus von Zeffirino gegangen und wollte dort Pipi machen.

Da brachte Zeffirino sie zum Abtritt und schloss sie ein. Baby blieb eine ganze Weile da drin, weil der Abtritt nur aus einem runden Loch bestand, in das man seine Notdurft machen musste, die dann gleich in die Mistgrube fiel. Aus dem Loch krabbelten Mistkäfer und Tierchen aller Art, die Baby faszinierten. Wir hörten sie schreien. Baby war nicht mehr auf dem Klo, denn so klein wie sie war, war sie in das Loch gefallen.

»Baby, was machst du denn da unten?« – es war zum Totlachen.

Ich war allein mit Baby geblieben, weil die anderen Pippone helfen mussten, den Stall auszumisten.

»Nichtnutze!«, rief Pippone.

Man hörte das Klatschen von Ohrfeigen, die Pasquetta abbekam. Darauf folgte sofort Gekreische, dann weitere Ohrfeigen.

Wir waren das gewohnt, also wussten wir, dass wir nichts machen konnten und an dem Tag allein spielen mussten.

Wie üblich lief ich mit Baby in den Wald, um wilden Spargel zu sammeln.

Aus der Ferne hörte man die Rufe der Soldaten, die bei der Villa waren.

Das Gezwitscher der Vögel vermischte sich mit dem Krach der Kanone, der jeden Tag lauter wurde. Wir gingen nachsehen, ob die Madonna gekommen war.

»Sieh mal! Ein Bonbon!«, sagte Baby.

Ich bückte mich und sah, dass es wirklich ein Bonbon war. Und dann entdeckte ich in der Nähe noch eins.

»Da ist noch eins!«

»Ich hab's zuerst gesehen!«

»Na gut, ich geb's dir«, sagte ich, weil ich vier Meter entfernt noch eins entdeckte.

»Das ist das Bonbon-Wunder!«, sagte Baby.

Plötzlich hörten wir ein Rascheln. Ich blickte nach oben und auf einem Ast saß ein Mann mit Bart.

»Wer bist du? Wie heißt du?«

»Giuseppe.«

»San Giuseppe!«, rief Baby.

Ich betrachtete seinen Bart.

»Bist du San Giuseppe?«, fragte Baby.

San Giuseppe nickte.

»Hast du noch Hunger?«, fragte Baby und betrachtete den leeren Altar, wo nur die Knochen vom Hühnchen übrig waren, das wir dorthin gelegt hatten.

San Giuseppe nickte.

»Wir bringen dir was zu essen«, sagte Baby.

»Ich bring dir auch Nachtisch.«

San Giuseppe kletterte vom Baum. Er fragte nach Onkel Wilhelm, wo er war, was er machte, er fragte, wie viele Deutsche in der Villa waren, wie der Kommandant hieß. Er sagte, dass er gekommen war, um »Onkel Wilhelm zu retten«, und dass er ihn sprechen wollte.

Baby und ich hatten die Kleider voller Veilchen und Pilze. San Giuseppe sah Baby an, dann nahm er sie auf den Schoß. Er streichelte ihre Locken und küsste sie. Er drückte sie an sich. Ich ärgerte mich, dass San Giuseppe mich nicht küsste, und deshalb ging ich zu ihm.

»Ich auch«, sagte ich.

Da setzte San Giuseppe mich auf sein rechtes Knie und küsste mich auch.

»Kommt wieder«, sagte er, während wir losliefen, um etwas zu essen zu holen.

»Ich wusste, dass San Giuseppe eines Tages erscheinen würde.«

»Die Madonna in Lourdes hat Bernadette aber nicht umarmt und geküsst.«

»Stimmt.«

»Ich will aber auch die Stigmata wie der heilige Franz.«

Mir war, als würde der Gong uns rufen.

»Es ist schon spät. Es gibt Abendessen.«

»Wir müssen der Jungfrau danken, dass sie uns San Giuseppe geschickt hat.«

»Bevor wir ins Haus gingen, liefen wir zu Zeffirino und erzählten ihm, dass San Giuseppe Hunger hatte.«

»Ich erzähl euch gleich was von San Giuseppe!«, brüllte Zeffirinos Babbo und zog sich den Gürtel aus der Hose. Dann rannte er Zeffirino hinterher, um sich das Brot zurückzuholen, dass er sich geschnappt hatte. Ich und Baby standen hinter einem Baum und sahen zu.

Onkel Wilhelm hingegen saß in einem Sessel und Elsa war ganz beunruhigt, weil niemand aß.

»Wir haben uns Sorgen gemacht«, sagte mein Onkel. »Morgen geht ihr nicht aus dem Haus.«

Wir setzten uns an den Tisch und Rosa begann aufzutragen. Wenn mein Onkel nicht redet, heißt das, dass er sehr wütend ist.

Ich öffnete den Mund, aber mein Onkel sagte, ich soll schweigen.

»Aber da ist San Giuseppe, der hat Hunger!«, sagte Baby zu Elsa, die uns auf Anordnung von Onkel Wilhelm in unserem Zimmer einsperrte.

»Ach ja? Und wo ist er?«

»San Giuseppe, der Hunger hat, ist im Wald unter der großen Eiche. Er ist gekommen, um Onkel Wilhelm zu retten«, sagte Baby leise durch das Schlüsselloch.

»Was die beiden sich immer ausdenken! Bald kommt die ganze heilige Familie zum Abendessen!«

»Du sollst nicht fluchen!«, rief Baby mit Tränen in den Augen.

Annie kam ins Zimmer.

»Gute Nacht«, sagte Annie und schlüpfte im bestickten Nachthemd unter die Decke.

»Hört auf zu reden.«

Wir hatten uns die Nachthemden über unsere Kleider gezogen, damit wir, wenn Annie schlief, nach draußen konnten. Baby weinte und lutschte Bonbons.

»Macht nicht solchen Krach!«

»Krach!«, sagte der Papagei, den man uns anstatt der Elster geschenkt hatte, die wir durch zu viel Liebe umgebracht hatten.

»Ihr lasst nicht mal Pedro schlafen!«

»Pedro schlafen.«

Ich und Baby begannen, leise zu beten.

»Tschicketschicketschick so sei es«, krächzte Pedro.

»Psst! Ruhe!« Annie stand auf und machte das Licht an.

»Annie, ich muss dir was sagen.«

»Was denn?«

»Hör mal, Annie, was, wenn ich dir sagen würde, dass unter der großen Eiche San Giuseppe wartet, der Hunger hat?«

»Der Hunger hat!«, wiederholte Baby.

»Würdest du San Giuseppe Essen geben, Annie, wo er doch Hunger hat?«

»Was redest du da?«

»San Giuseppe ist im Wald und wartet auf Onkel Wilhelm.«

»Das ist eine Lüge!«

»Nein, das ist keine Lüge! Er ist wegen Onkel Wilhelm gekommen; er will ihn retten.«

»Das stimmt! Das stimmt!«, rief ich und rannte zu meinem Onkel, um ihm es zu sagen.

Er hörte gerade Radio und war verärgert, dass wir in den Salon eindrangen.

Baby erzählte ihm von San Giuseppe, der im Wald war, der gekommen war, um ihn zu retten, und der unter der großen Eiche wartete. Da sagte unser Onkel, dass er sich um San Giuseppe kümmern würde, der natürlich gekommen war, um ihn zu retten, und er würde ihm natürlich etwas zu essen bringen, aber wir dürften niemandem etwas davon erzählen, das wäre eine Sache nur zwischen ihm und San Giuseppe.

»Wenn ihr mir sagt, dass San Giuseppe im Wald ist, gehe ich besser zu ihm.«

»Und bringst du ihm auch was zu essen?«, fragte Baby.

»Natürlich bringe ich ihm was.«

Am nächsten Morgen sagte Onkel Wilhelm uns, dass er San Giuseppe gesehen hatte.

»Was hat er dir gesagt?«, fragte Baby.

»Dass ich niemandem sagen soll, dass er da ist.«

»Ich habe immer für dich gebetet. Deshalb ist er gekommen.«

Mein Onkel umarmte Baby und sagte ihr, dass sie nicht aufhören soll zu beten.

Er sah aus dem Fenster zum Wald, wo San Giuseppe war.

In diesem Moment hörten wir einen Knall ganz in der Nähe. Baby lief zum Fenster.

»San Giuseppe wird Angst haben.«

»Heilige habe keine Angst«, sagte mein Onkel.

38

Das Donnern der Kanonen ist ganz nah gekommen und die letzten Laster der Soldaten verlassen die Villa, während die feindliche Artillerie schießt. Die Luft ist voller Pfeifen. Die Patronen prasseln wie Regen rechts und links herunter. Wie aufregend! Wir dürfen nicht in den Garten, weil Onkel Wilhelm das nicht will. Auch Zeffirino und die anderen dürfen nicht raus und mit uns spielen.

Die Hauptstraße ist auch verlassen. Seit drei Tagen sieht man keine deutschen Soldaten und auch keine Laster mehr auf der Straße, auf der bis vor Kurzem die abziehenden Truppen wuselten.

Mit einem Mal hörten auch die Maschinengewehre und das Donnern der Kanonen auf. Es war ganz still. Nach einer Weile kamen die Bauern aus ihren Häusern und riefen: »Der Krieg ist aus! Die Deutschen sind weg! Die Partisanen kommen!«

Am Ende der Straße sahen wir eine Gruppe Männer mit Bärten und Gewehren.

Mein Onkel ging raus und lief ihnen entgegen.

»Wo geht er hin?«, fragte ich Tante Katchen.

Aber meine Tante antwortete nicht und sah durch das Fenster meinem Onkel nach, der mit den Partisanen fortging und im Wald verschwand.

Meine Tante umarmte uns alle fest und brach in Tränen aus.

»Weinst du?«, fragte Baby.

»Ja, aber vor Freude.«

Wir sprangen auf und sangen aus vollem Hals.

Plötzlich hörten wir einen Lastwagen.

»Die Engländer!«, rief Tante Katchen und rannte die Treppe hinunter.

Ein Wagen hielt vor der Villa. Dahinter kam ein Laster, aus dem etwa zwanzig Soldaten stiegen.

»Hainz!«, sagte Baby. Aber da merkte sie, dass sie anders angezogen waren als Hainz. Sie hatten verzierte Mützen auf und schienen alle Offiziere zu sein.

»*Hauch Hauchauchauch!*«, sagten zwei Soldaten und hoben uns hoch.

»Lass mich runter.« Baby wand sich.

»*Hauchauchauch!*«, sagte der Soldat und drückte mich fest, während ich versuchte, seinen Händen zu entkommen.

»Aua, du tust mir weh!«, sagte ich dem, der mich am Kleid packte und es zerriss.

»*Hauchauchauch!*«, brüllte er.

»Sieh nur, was du getan hast!«, sagte ich und zeigte ihm mein zerrissenes Kleid.

»Du hast es zerrissen, jetzt sagst du aber Elsa, dass du das warst!«, rief ich wütend.

Er war einen Moment erstaunt, dann schnappte er mich und trat nach den Würfeln, mit denen wir gespielt hatten. Dabei tat er Baby an den Händen weh, die zu schreien begann.

»*Haurauhauhauh!*«, sagte ein anderer Soldat und packte Baby.

»Lasst mein Schwesterchen in Ruhe, sonst gehe ich zum Kommandanten und sage es ihm.«

Ich sah, wie Marie, Annie und Tante Katchen von Soldaten mit vorgehaltener Maschinenpistole die Treppe hochgetrieben wurden.

»Marie, Tante Katchen!«

Sie schubsten uns die Treppe der Villa hoch.

»Flegel«, sagte Baby.

»Unhöflicher Flegel, das sage ich dem General und Hainz.«

Sie schlossen uns in einem Zimmer ein und ließen eine Wache bei uns drinnen.

»Sieh mal, was ihr mit meinem Tro-Tro gemacht habt«, sagte Baby, während sie den gelben Teddy mit der zertretenen Schnauze vom Boden aufhob und streichelte.

»Ihr habt ihm ein Auge ausgerissen!« Sie verzog das Gesicht.

Tante Katchen rief Baby zu sich.

»Sei brav«, sagte sie.

Kurz darauf trat ein Offizier ein und fragte, wo Onkel Wilhelm war. Als er keine genaue Antwort bekam, verließ er das Zimmer wieder.

Der Offizier kam zurück und fragte uns in verschiedenen Sprachen.

Wir sagten, dass wir es nicht wussten, und Baby sagte, dass er zu San Giuseppe gegangen war.

Marie fragte die Wache, ob Baby auf die Toilette gehen durfte. Die Wache antwortete nicht.

»Ich muss mal ...«, sagte Baby.

Die Wache rief einen anderen Soldaten, der mit einer Maschinenpistole auf Baby zielte und sie rausführte. Die Wache öffnete dem Soldaten die Tür, der Baby wieder zurückbrachte.

Wir hörten Schläge, Schreie und Gelächter. Ich hörte, wie Kristall, Lampen und Spiegel zerbrachen. Ein dumpfer Schlag und das Klavier wurde zerschlagen.

»Der Flügel«, sagte Marie.

Irgendjemand fuhr auf Rollschuhen durch die Korridore, das Haus bebte unter all den Schlägen und Stiefeltritten. Irgendjemand trat Alì, der zu winseln anfing.

»Sie tun Alì weh!« Baby brach in Tränen aus.

Marie sagte: »Nicht weinen!«

»Mama«, sagte Annie, »sie tun Alì weh.«

Baby schlug mit geballten Fäusten auf die Wache ein, trommelte auf seine Beine und sagte: »Lass mich in Ruhe!«

Wie oft hat mein Onkel mich ausgeschimpft, weil ich die große Vase und den Schirmständer in der Eingangshalle kaputt gemacht habe! Ich denke an all die Vorwürfe und die Tausende von Seiten, die diese Soldaten zur Strafe füllen müssten, wenn mein Onkel sie sähe.

Ich erkenne genau, welche Dinge kaputt gemacht werden, und zwar an den Geräuschen, die sie beim Herunterfallen machen, und je nachdem aus welcher Ecke der Villa sie kommen. Sie zerschlagen die Kristallgläser und die Kelche einzeln. Bei jedem Knall hört man Gelächter.

Was wird Onkel Wilhelm, wenn er zurückkommt, dem Kommandanten wegen den kaputten Kristallgläsern und Bildern und seinen Büchern sagen?

Dann holten sie uns ab und brachten uns in den Spiegelsaal, um uns zu befragen. Marie sagte, dass es nicht richtig war, uns ohne Grund so zu behandeln.

»Ah! Aber wir machen einen Prozess!«, sagte der Kommandant.

Die Spiegel waren alle zerbrochen. Einige Soldaten liefen brüllend Rollschuh, unsere Spielsachen waren überall verstreut. Der zerfetzte gelbe Teddy hing oben an einem Besen und war zur Zielscheibe geworden. Baby bestand darauf, einen Ping-Pong-Ball aufzuheben, der ihr vor die Füße gerollt war. Der Fußboden war voller Scherben. Ein Soldat mit einem Blumenschal von Marie rannte die Treppe rauf und runter auf der Suche nach dem Ping-Pong-Ball. Er entdeckte ihn in Babys Hand. Erschrocken hielt Baby ihm den Ball hin. Die weiße Wand im Hof war voller Kritzeleien und man hörte Gelächter. Ein

Soldat kam mit einem breitkrempigen Damenhut die Treppe hinunter. Ich erkannte ihn. Es war Tante Katchens Hut, den sie bei besonderen Anlässen trug.

Sie scheuchten uns in den Spiegelsaal und ich stolperte über die Bücher von Onkel Wilhelm, alle Gemälde waren zerschnitten. Es war fast dunkel und hinter einem Tisch stand der Kommandant, rechts von ihm das zerschlagene Klavier. Es war dunkel, aber die Soldaten brachten Fackeln.

Der Kommandant lächelte und verbeugte sich vor Tante Katchen.

»*Hürhutürhauh, jawohl*«, sagte er.

Dann übersetzte er es für uns Kleinen auf Französisch, damit wir ihn besser verstanden.

Der Kommandant war nett und hatte gelächelt. Er würde einen richtigen Prozess machen, der eine Formalität war. Er sagte, wir sollten ihn vielmals entschuldigen, er würde uns einzeln befragen und uns danach sofort freilassen.

Baby erzählte dem Kommandanten von Alì, und weil der Kommandant es nicht verstand, erklärte Marie ihm auf Deutsch, dass Baby Alì haben wollte. Der Kommandant lächelte und befahl, Alì nicht anzurühren, und Annie sagte, dass sie Pedro nichts antun sollten, und der Kommandant lächelte und befahl, Pedro nicht anzurühren. Dann schlossen sie uns mit der Wache im Zimmer ein.

»Jetzt beginnen wir den Prozess«, sagte der Kommandant, und lächelte und wiederholte noch mal, dass es eine Formalität war. Dann ließ er zuerst Tante Katchen rufen, dann kam ein Soldat rein und rief Marie, nach einer Weile kam er wieder und rief Annie.

»Ich will auch«, sagte Baby.

»Wir auch«, sagte ich.

»Die beiden nicht, das sind keine Juden.«

Und der Soldat ließ uns nicht raus.

Man hörte eine Salve aus einer Maschinenpistole und einen Schrei, dann noch eine Salve aus einer Maschinenpistole und noch einen Schrei, und noch eine Salve.

Ich und Baby rannten die Treppe hinunter und schrien: »Marie! Tante Katchen! Annie!«

Die Soldaten liefen die Treppe hoch. Die Tür zum Spiegelsaal stand offen. Er war rot und von einer Fackel erleuchtet. Mir war, als würde ich ihre Füße am Boden erkennen.

Der Kommandant stand vor der Tür und ließ uns nicht durch.

Sie schubsten Baby und mich nach draußen. Die Bauern nahmen uns in die Arme und führten uns im Dunkel von der Villa weg. Ich drehte mich um und sah Flammen emporlodern und mit einem Schlag brannte die ganze Villa. Die Bauern, alle versammelt auf dem Hügel, beobachteten die brennende Villa. Sie hielten uns fest. Baby in den Armen vom Verwalter, ich in denen von Pippone. Aus der Villa kamen Schreie.

»Das sind sie, sie verbrennen!«

»Nein, das sind die Deutschen, die abziehen«, sagte Pippone und legte mir seine riesige Hand auf die Augen. Ich spitzte die Ohren und hörte einen Laster, der in Höchstgeschwindigkeit davonbrauste, und das Quietschen der Bremsen am Hang.

»Der Signor Padrone!«, schrie Pippone.

Mein Onkel rannte über die Felder zur Villa hinunter, die Bauern stellten sich vor ihn und hielten ihn auf. Auch Baby und ich rannten los und riefen: »Onkel Wilhelm!«

Hinter ihm kam eine Gruppe bewaffneter Männer aus dem Wald.

Unser Onkel lief brüllend die Auffahrt der Villa hinunter, dem deutschen Laster hinterher. Er war ganz weiß angezogen und sah aus wie ein Gespenst.

Die Partisanen rannten ihm nach, bis sie ihn einholten; da ließ sich mein Onkel auf die Erde fallen.

Er weinte, und ich sah, wie sich die hellen Scheinwerfer des deutschen Lasters entfernten.

Unser Onkel war noch bei uns.

»Onkel Wilhelm! Onkel Wilhelm!«, rief Baby, umarmte und küsste ihn, und ich auch, aber er schrie, dass er eine Pistole wollte. Er bettelte nach einer Pistole, weil er sterben wollte.

Aber die bewaffneten Männer mit den Bärten wollten ihm keine geben, und da weinte Onkel Wilhelm wie ein Kind.

»Warum wollt ihr meinem Onkel keine Pistole geben?!«, rief ich.

»Gib mir die Pistole«, sagte Baby zu einem Mann mit Bart, wobei sie mit Fäusten nach ihm schlug.

»Böse Kinder! Ihr wollt eueren Onkel umbringen!«, brüllte einer und beugte sich zu uns herunter.

»Ich nicht, ich will meinen Onkel nicht umbringen.«

Baby weinte und ich auch, und wir umarmten unseren Onkel, der auf der Erde saß und uns an sich drückte und weiter nach einer Pistole bettelte und die lodernden Flammen ansah, die alles wie am Tag erhellten.

So blieben Baby und ich stundenlang bei Onkel Wilhelm und beobachteten die brennende Villa.

»Lasst mich allein, lasst mich allein«, sagte er zu den Bauern, die nach und nach fortgingen. Die bewaffneten Männer fuhren in einem Wagen davon und sagten, dass sie die Deutschen einholen und töten wollten.

Sie ließen einen von ihnen hier, der unsern Onkel bewachen sollte.

»Pass auf ihn auf«, rief der Anführer.

Baby legte eine Hand auf die Augen von Onkel Wilhelm, damit er nichts sah. Aber unser Onkel zitterte und beobachtete immer noch die Flammen.

»Nicht weinen«, sagte Baby und umarmte ihn.

Auch ich umarmte ihn.

»Nein«, sagte mein Onkel. »Siehst du? Ich weine nicht mehr.«

Baby schlief mit dem Kopf auf seinem Schoß ein und ich lehnte meinen Kopf auch an ihn, während er weiter die brennende Villa ansah.

Ich träumte, dass ich durch die leeren Korridore lief, vorbei an unendlich vielen offenen Türen, die in andere Zimmer führten, in denen niemand war. Niemand war da, und ich hatte Angst.

In diesem Moment wachte ich auf. Mein Onkel war weg.

39

Die Sonne ging schon fast auf. Die Villa rauchte. Ich und Baby gingen hinein. Die kaputten Spiegel reflektierten das Licht vom Himmel, das durch die verbrannten Dachbalken fiel.

Sie waren dort. Und Onkel Wilhelm auch.

Baby beugte sich vor, um unseren Onkel zu betrachten, aber sie machte sich das Kleid mit Blut schmutzig.

»Schläfst du?«, fragte Baby unseren Onkel.

Sie beugte sich über Marie.

»Marie?«, fragte sie. »Tante Katchen?«

Baby beugte sich wieder über unseren Onkel. Sie sprach mit ihm.

»Er antwortet nicht.«

»Sie antworten nicht …« Baby weinte und schrie, wobei sie sich die Tränen mit blutverschmierten Händen abwischte.

Da brach ich in Tränen aus und begann zu schreien.

In diesem Moment kamen die Bauern in die Villa und brachten uns fort.

40

Liebe Baby und liebe Penny,
erinnert euch an mich, an Tante Katchen, an Annie und Marie und an das, was ich und Tante Katchen euch beigebracht haben. Verzeiht mir, wenn ich ein bisschen langweilig und manchmal barsch zu euch war.
Ich umarme euch fest,

Euer Onkel Wilhelm
PS: Tragt keine Trauer.

Als Pippone uns diesen Zettel gab, den sie neben Onkel Wilhelm gefunden hatten, mussten Baby und ich weinen. Die Bäuerinnen hatten ihre Leichen gewaschen. Vittorio hatte aus den Türen der Villa Särge gebaut. Die Frauen beteten und lamentierten: »Jesus, Jesus, nimm sie zu dir in den Himmel …«

»Aber der Padrone hat sich selbst getötet, und Selbstmord ist eine Sünde, und deshalb kann er nicht auf dem Friedhof bei unseren Toten begraben werden. Seine Frau und seine Töchter schon, sie waren ja sogar getauft, aber er glaubte nicht mal an Gott und war kein Christ und nicht getauft …«

»Er ging nie in die Messe.«

»Den Signor Padrone kann man nicht beerdigen, auf dem Friedhof ist kein Platz für ihn, weil er sich umgebracht hat …«

»Dafür braucht man die Erlaubnis vom Bischof …«

»Ja, klar, aber wer geht bei dem Geschieße schon zum Bischof!«

»Und das ist auch kein schöner Sarg, armer Signor Padrone, gerade er, er hätte doch einen von den eleganten Särgen haben können, mit Zink drinnen und Nussbaum außen, aber ich habe mein Bestes getan, nicht war, Signorine?«, wandte er sich an uns, worauf Baby noch schlimmer weinte und ich sie umarmte.

In diesem Moment kam der Pfarrer an, ganz atemlos. Baby klammerte sich an seine Soutane.

Die Bäuerinnen erhoben sich, weinend und lamentierend. Eine Alte sagte: »Das geht nicht. Wir können nicht zulassen, dass er zwischen unseren Toten liegt.«

»Warum?«, fragte der Pfarrer, wobei er Baby und mich an sich drückte.

»Weil er kein Christ ist und sich umgebracht hat …«

Der Pfarrer dachte nach.

»Dafür braucht man die Erlaubnis des Bischofs«, sagten sie.

Pierino und Zeffirino kamen beladen mit Blumen herein. Sie liefen über die Scherben.

Der Pfarrer setzte Baby auf den Boden und fragte: »Sind die Ochsen angespannt?«

»Ja, Padre«, sagte Pippone.

»Dann gehen wir.«

»Wohin?«

»Zum Friedhof und beerdigen sie.«

»Auch den Padrone?«

»Ja, auch den Padrone.«

Der Pfarrer ließ die Särge auf den Karren laden, aber die Bauern weigerten sich, meinen Onkel auf dem Friedhof zu beerdigen. Also lenkte der Pfarrer allein den Ochsenkarren den Hügel hinunter.

Der Pfarrer war schon hinter der Kurve verschwunden und man sah ihn schon nicht mehr, als Pippone sich rührte und alle Männer zum Friedhof gingen und die Frauen auch, mit Baby auf dem Arm.

Der Pfarrer betete.

Baby lief zu ihm: »Kommt Onkel Wilhelm in die Hölle?«

»Die Hölle ist nur für die Bösen«, sagte der Pfarrer.

Die Bauern wollten uns wegbringen, aber sie mussten uns mit Gewalt vom Grab zerren.

»Wir bleiben hier«, schrie Baby.

»Wir bleiben hier. Wir bleiben hier bei ihnen«, sagte ich und krallte mich in die Erde. Und begann zu schreien.

41

Baby und ich waren auf dem Friedhof.

»Nicht weinen, Baby.«

»Ich weine nicht, wenn du nicht mehr weinst.«

»Also, ich weine nicht mehr.« Ich trocknete mir die Augen.

Baby beugte sich über den Grabhügel und rief: »Annie? Marie?« Sie legte ein Ohr auf die Erde. Dann brach sie in Tränen aus.

»Sie hören nicht!«

Baby hob weinend den Kopf und riss plötzlich die Augen auf: »Sieh mal, Don Quijote.«

Don Quijote de la Mancha stand am Tor des Friedhofs.

Ganz dünn, ganz groß, mit einem flachen Blechhut. Seine langen, nackten Beine steckten in kurzen Hosen.

Wo ist Sancho Pansa?

Don Quijote war allein. Er ging weiter, als wollte er gegen Windmühlen kämpfen und drehte sich vorsichtig um. Etwas überrascht betrachtete er uns. Dann lächelte er das sanfte Lächeln von Don Quijote.

»*Hello*«, sagte er und trat mit der Lanze in der Hand vor. Er hatte Zweige auf dem Kopf. Er beugte sich zu Baby, wobei es nach Eisen klapperte, und er durchzubrechen schien.

»*Hello*«, sagte er, »*any Germans around?*«

Sein Gesicht war voller Sommersprossen.

»*Hello*«, sagte Baby, machte einen kleinen Knicks und trocknete sich die Tränen.

Don Quijote kam mit seinem Sommersprossengesicht ganz dicht an Baby heran.

»*Who are you?*«, sagte er.

»*I am Baby and this is my sister*«, sagte Baby und knickste noch mal.

Don Quijote sah mich und Baby an, sagte etwas, das ich nicht verstand und zog Bonbons aus seiner Tasche. Dann verschwand er mit seinen langen Beinen in den Büschen.

Er drehte sich ein paar Mal um und winkte. »*Byebye!*«

Baby rannte den Weg hinunter, fiel hin und stand wieder auf.

Ich widme dieses Buch meinem Onkel Robert Einstein, dem Cousin von Albert, meiner Tante Nina Mazzetti Einstein, meinen Cousinen Annamaria (Cicci) und Luce Einstein.
Sie ruhen auf dem Friedhof von Badiuzza, bei Florenz, zwischen San Donato in Collina und Rignano sull'Arno.
Auf ihrem Grab steht geschrieben »niedergemetzelt von den Deutschen am 3. August 1944«.
Ich und meine Schwester lebten in der Villa, seit wir klein waren (weil unsere Mama gestorben war), und wurden von der SS verschont, weil wir nicht Einstein, sondern Mazzetti hießen.
Jahrelang haben wir die Freuden des Lebens mit ihnen geteilt und ihre Liebe geschenkt bekommen, aber im Moment ihres Todes wurden wir von ihnen getrennt.
Dieses Leben wurde mir nur geschenkt, weil ich »einer anderen Rasse angehörte«.
Alle Überlebenden tragen die Bürde dieses »Privilegs« und haben das Bedürfnis, Zeugnis abzulegen.

Dieses Buch will die Freude und Fröhlichkeit beschreiben, die diese Familie mir in meiner Kindheit geschenkt hat, indem sie mich als »gleich« aufnahm, wobei ich »gleich« in der Freude war und »anders« im Moment des Todes. Sie ruhen dort auf dem Hügel, und ich erinnere an sie.
Wenn ihr dort vorbeikommt, legt eine Blume nieder!

Rom, Mai 1993

Glossar

Adelaide Cairoli 1806–1871, italienische Patriotin, die als achtfache Mutter Modell stand für die Mutter der Nation und die Entwicklung der weiblichen Bildung unterstützte.

Balilla Jugendorganisation der Nationalen Faschistischen Partei Italiens, gegründet 1926. Die Mitglieder wurden in Altersgruppen eingeteilt, zu denen die Figli della Lupa und die Piccole Italiane gehörten.

Ceres römische Göttin des Ackerbaus und der Fruchtbarkeit.

Der Schwarze Korsar Auftaktroman des Abenteuerzyklus »Die Piraten der Antillen« des italienischen Schriftsteller Emilio Salgari. Die fünf Bücher der Reihe erschienen zwischen 1898 und 1908 in Italien. »Der Schwarze Korsar« wurde 1929 vom Berliner Phönix-Verlag in der Übersetzung von Martha von Siegroth auf Deutsch veröffentlicht.

Figlio della Lupa wörtlich »Sohn der Wölfin«, Jugendorganisation für Jungen zwischen sechs und acht Jahren während des Faschismus. Für die Mädchen gab es die Organisation »Figlia della Lupa«, Tochter der Wölfin. Ab 1933 wurden alle Schulkinder automatisch Mitglied, ab 1936 wurde man bereits bei der Meldung der Geburt im Standesamt Mitglied.

Fuoco di Vesta che fuor dal tempio irrompe Erste Zeile aus dem »Inno dei giovani fascisti«, der Hymne der jungen Faschisten. Sie wurde 1932 von Giuseppe Blanc und Vittorio Emanuele Bravetta verfasst und komponiert. Hierin verbinden sich die faschistische Rhetorik mit dem Mythos des Römischen Reiches, was sich bereits in der ersten Zeile zeigt: *Feuer der Vesta, das aus dem Tempel lodert.* Die Göttin Vesta symbolisiert darin die ewige Jugend, das Feuer steht für die ewige Flamme, die in den Herzen der jungen Faschisten brennt.

Giovinezza Hymne der faschistischen Bewegung Italiens, in der die Jugend (»Giovinezza«) besungen wird. Das Lied stammt ursprünglich aus dem Jahr 1909. In der Textversion von 1925 musste sie im Anschluss an die damalige Nationalhymne gesungen werden.

Il Piave eigentlich »La leggenda del Piave« (»Die Legende vom Piave«) ist eines der berühmtesten patriotischen Lieder Italiens. Es stammt aus dem Jahr 1918 und wurde von Ermete Giovanni Gaeta komponiert. Das Lied erzählt in vier Strophen die Geschichte der italienischen Kämpfe im Ersten Weltkrieg und des Sieges über Österreich-Ungarn.

le chapeau d'âne die Eselskappe

méchant böse, Bösewicht

menteuse Lügnerin

Mussolini, Mussolini, mit dem Knüppel und der Kanone […] Es handelt sich hier um eine freie und abgewandelte Form von »La Marcia del Littorio« aus dem Jahr 1930 von Ugo Saetti, einer Hymne auf Mussolinis Größe, den Faschismus und das blühende Italien.

paresseuse Faulpelz

Piccole Italiane wörtlich »Kleine Italienerinnen«, Pflichtorganisation im Faschismus für Mädchen zwischen acht und 14 Jahren. Das Lied der Piccole Italiane trägt den Titel »Bimbe d'Italia« und stammt von Giuseppe Blanc aus dem Jahr 1929.

Übersetzung der Strophen von S. 11 und 12:

Der goldene Morgen sind nun wir
wachsen in Luft und Sonne hier,
Wir sind der Heimat Mädchen rein,
so wird Italien größer sein.

Unsere Herzen noch so klein
brennen voll der Liebe fein.
Wie Vogelsang aus unserem Mund:
Gott, rett' den Duce zu jeder Stund.

Rosa Maltoni 1858–1905, war Lehrerin und die Mutter von Benito Mussolini, den sie 1883 zur Welt brachte. Sie starb mit 47 Jahren an Meningitis. Mussolini ließ sie während des Faschismus als »ideale italienische Frau« verehren. Nach ihr wurden diverse Schulen und eine Straße in Rom benannt. Diese wurden nach Ende des Zweiten Weltkriegs umbenannt.

Salve Regina marianische Antiphon, deren Ursprünge bis ins 11. Jahrhundert zurückreichen. Sie wird in der katholischen Kirche im Stundengebet nach der Vesper oder der Komplet gesungen. Zudem bei Begräbnissen von Priestern oder Personen des gottgeweihten Lebens.

Vol de nuit Roman des französischen Schriftstellers Antoine de Saint-Exupéry, erschienen 1931. Auf Deutsch veröffentlichte der S. Fischer Verlag den Roman unter dem Titel »Nachtflug« 1932 in der Übersetzung von Hans Reisiger.